浮世短歌

這次，多談點自己

王溢嘉

自序

何必無我

從我的所歷所思所感再出發

多年前，一個從大學時代就熟絡的老友看了我的《蟲洞書簡》後，很直白地說：「我從頭看到尾，沒見著你談自己的事，連雞毛蒜皮都沒有。」我覺得這是他在用迂迴的方式對我那本書提出針砭。

既然名為「書簡」，就有私下談心的意味。我們在寫信給朋友時，很自然地都會談到自己的生活經驗，甚至私密的想法。但我的《蟲洞書簡》雖然說是在和青少年談生命追尋，提的卻都是別人的經歷（多為名人事蹟，目的是要從中帶出我認為重要的一些觀念）。

但，我在書寫時，是有意把自己排除在外的。一方面是因為自覺個人的經驗微不足道，不想和那些名人並列；一方面則是個人長期以來的寫作習慣，當我在寫抒發個人心中塊壘的散文時，當然是樂於和讀者分享自己生命歷程裡的經驗與感觸；但在寫說理、闡釋性質的議論文時，我就會專注於分析和探討，避免涉及個人。《蟲洞書簡》雖是書信體，但因被我界定是以說理為主，所以就避談個人，甚至將原本屬於個人的經驗都消音，轉化成抽象的議論了。

這種習慣其實不太好。有一次我到一個學校演講，講的是跟閱讀有關的題目，講完後，主持的老師說：「我一直期待能聽到王先生當年是怎麼讀書的，但他口風好像很緊，沒有半點透露，讓我覺得有點遺憾。」我一聽才驚覺在將近兩小時的演講裡，我談的都是別人的閱讀經驗及對他們人生的影響。我不是一個喜歡讀書的人嗎？為什麼不和大家分享我個人的閱讀經驗呢？無謂的區隔與拘泥，反而讓人覺得我是在拒人千里，不想和他們共樂於同溫層。

也許是這個緣由，幾個月前，當有一位朋友問我今後有何打算時，我說：「還是繼續寫，但不想再談什麼科學的人文思考、漢民族的幽闇心靈、莊子陪你走紅塵，而想要多談談自己，和大家分享我在人生旅途裡的所歷、所思與所感。」這本《浮世短歌》可以說就是要打破過去寫作劣習的一個嘗試。

全書共收集了四十篇文章，大部分是我近期所寫，有些是從多年前的舊作添枝加葉而成，裡面多了很多我——我有過的生活、感情和思想。但也許是一時改不了想要「文以載道」的渴望，所以寫著寫著，經常又忍不住拉一些別人的經驗來助陣，說一些自以為還不錯的道理。

結果，整本書就好像一個大拼盤，有純粹的散文、散文加上一點議論或很多議論、議論文加上一些散文；個人經驗與別人經驗也雜然並存，而迥異於自己過去的作品，但何必在意？說不定能因此而讓讀者有全新的領會。

王溢嘉

二〇二〇年五月

目次

輯二　存在與寂寞

輯三　命運何所似

輯四　最後的魔法

輯一——品嘗人生宴

生命如流水
我在淡水河邊的春夢與暮色

淡水河靜靜地流淌。在河口，將她承載的所有故事、還有故事裡的悲歡離合都交給了大海。其中有一個，是我的故事：

第一次看到淡水河，是大二時參加校友會舉辦的郊遊，一群人坐火車，鬧哄哄地來到淡水小鎮，直接到渡船頭搭船至對岸的八里，爬觀音山。在爬上硬漢嶺喘口氣後，但覺視野遼闊，清風拂面，無比舒爽。

俯視下方的淡水河，她看起來是那樣的美麗、沉默而又陌生。

第二次到淡水是大三時，我獨自搭車前來，為的是想尋找詩人葉珊（即後來的楊牧）筆下的陽光海岸。在應該坐在課堂的時刻，我彳亍於紅毛城下方的濱海道路上，結果只看到海岸，而未見陽光。

當時的我人生失據，情緒陷入低潮，經常獨自一人遊走於陌生的土地上，擺盪在冷漠的人群中，想從那不實的空隙去掬取生命的活泉。就是在這種情況下，我不知不覺地來到淡水，這個歷史與藝術的鄉愁之地。

但彼時的淡水於我仍是陌生的，在有著魚腥味的岸邊，我看到的河口和海雖然廣闊，卻如我的心情般暗晦。

畢業後在雜誌社工作，家住淡水的女同事在清水祖師誕辰時，邀編輯部同仁到她家吃拜拜。是日之淡水，異常的熱絡，到處都是樸野的人群與豐盛的筵席。這名女子帶著我們穿過大街小巷，去尋訪古老的淡水，還有土地與人民的記憶。香煙繚繞的清水祖師有著黑嚴的法相，傳聞祂的鼻子會不意掉落，向信眾們預示某件大事的即將來臨。

我在緊臨淡水河邊的媽祖廟，半是兒戲半是心存神祇地上香求籤，意外求得籤王。當這名女子興奮地為我解說籤詩上的美好詩句時，我從她的容顏與神情中，看到了屬於天意的某種東西。

然後，我和這名淡水女子經常流連於台北街市，在咖啡屋迷離的燈光下，訴說並傾聽彼此的故事。她說她從初中時代起，每天坐火車到台北讀書，在車廂內閱讀日漸艱深的課本，還有淡水河與觀音山的不同姿容；相看兩不厭，唯有觀音山。而我則像尋找聖杯的疲憊武士，解轡下馬，向她訴說自己荒唐的過去與夢幻的未來，然後在夜未央前，陪她回淡水。

車過關渡，看到天上明月在靜靜流淌的淡水河面泛出點點銀光，就像我們日漸升溫光燦的感情。我為她唸了一首自己寫的詩：

當我被迫承擔
一條獨木舟的哀榮時
海的豐饒　遂無言地閃爍出
群星的意義
於是我乃想起
我欲乘風歸去　在

最後一次杜鵑花落
總是揮不去精衛的故事
然後是我荒廢的學業
也罷　也罷
既然不能化作春泥
還有誰會相信
一個浪子的諾言　如同
一顆隕星　向我訴說
墮落的悲劇

她接受了我的「諾言」。幾個月後，我和母親及姊姊來到淡水提親，訂下了終身大事。

我與妻子因志趣相投而結合，婚後不久，就辦了一個出版社和雜誌社，發行一些沒有什麼銷路的刊物。某天夜裡，我們開車來到淡水，送兩百本《精神分析與文學》給淡大學生。送完書，望著下方的淡水河與前方的觀音山，在靜默中顯現我未見過的另一種姿容。

這近水與那遠山，彷彿就是我和妻子要攜手共走的文學的千山萬水。

幾年後，淡水成了兒女的第二故鄉。某天午後四點多，和妻兒來到紅毛城下的濱海公路上，岸邊有人在垂釣，海上有人在揚帆，風中傳來生命腐敗與再生的氣息。放眼望去，遠方的海面有著白光點點，我忽然察覺到那是因為陽光的關係，於是對日漸懂事的兒女說：「這裡叫做陽光海岸，以前有個詩人，坐在紅毛城的牆頭，看海、寫詩。」但我略去了曾經有一個浪子在不對的時機，彳亍於此處岸邊想尋找陽光的往事。

十幾年前的某個夏日傍晚，我和妻子走出八里的十三行博物館，太陽就要西沉，遠方的天邊開始泛紅，我們彷彿受到某種召喚，朝淡水河的出海口緩緩走去。當我們更接近河邊時，落日躲到一團雲層後方，彷彿在編織夢想般，將雲層渲染出一種奇幻的炫麗，整個天空似乎也隨之酩酊，興奮地燃燒著。

「欲歸還小立，為愛夕陽紅。」

原本準備回家張羅晚餐的我們就這樣默默站著，凝神閱讀西方天際那偉大的自然詩篇。落日的餘暉越過海面，將妻子和我交疊地投影於身後的大地，成了自然詩篇裡的一個小節。

不久前的某個黃昏，我和妻子開車來到八里左岸。先到挖仔尾去尋找安置清法戰爭時駐守於淡水河邊的「湖南勇」英靈的大營公廟，然後來到渡船頭，在用完孔雀蛤晚餐後，兩人又沿著河邊散步，最後坐到岸邊的長椅上。

晚風習習，我們就這樣靜靜地坐著、看著對岸的淡水燈景，還有在河面上來來往往的渡船……。

生命如流水，隨歲月悠游，一恍就過了半世紀。原本是妻子生命之河的淡水河，如今也成了我的生命之河。

品嘗人生宴

萬古長空裡的一朝風月

我學生時代，有點哲學，喜歡問「幹嘛活著？」甚至問「人生是否值得活？」一直到後來讀到作家布特勒說：「這是胚胎的問題，不是你的問題。」才驚覺我的問題其實很無聊，既然被生下來，而且還活了這麼久，就好像已經坐上人生的宴席好一段時間，何必再忸怩作態，說這個不想吃，那個不能吃，甚至說自己其實不想來？

人生的確像一場宴席，也許更像是接續不斷的流水席。每個人都在席上來來去去，從這一桌轉到另一桌，有時淺嘗即止，有時留連忘返，但時候到了，不管你是否願意，是否已嘗遍了人生的酸甜苦辣，就都必須離席。

坐上人生的宴席，我在意的不是可以吃多久，而是我將品嘗到什麼，共桌的食客是誰。除了到台北讀大學的那段時間，我很少單獨進食。不管是吃家常飯或外食、便當或喜宴、豪華餐廳或路邊攤，我總是和家人、朋友、同學、同事在一起，邊進食邊交換一些生活的前塵與後設、奇遇和異想。人生的宴席不只是for what，還有for whom，有人陪伴、與人共享的人生宴席使我的歡樂加倍，痛苦減半。

我有一群志同道合的朋友，年輕時代就經常聚在一起，從女人到政治無所不聊，當然，也都伴隨著吃吃喝喝。幾十年下來，在中餐、西餐、日本料理，台菜、川菜、粵菜、泰國菜，火鍋、快炒、啤酒屋裡繞來繞去後，最後萬流歸宗，定於一尊，吃的都是應有盡有的自助餐。每隔一個半月聚會一次，這家吃多了，就改換另一家；自助餐也因而成為各有癖好的朋友們在人生宴席上都可以接受的共識。

自助餐吃久了，也吃出一些道理，覺得它其實是人生的一個很好隱喻：首先，在上座後，我不能坐在位置上等服務生來，而必須自己到餐檯去挑選。這是人生的第一課：沒有人會把現成的人生送到我面前來，我必須自己去挑選。

餐檯有很多區塊，每個區塊都有同類而多樣的佳餚供我挑選，我可以照自己的意思挑選我最想品嘗的佳餚和分量。這是人生的第二課：世上有很多值得品味的大小事物，我要從中挑選我最感興趣的，給它們一個合理的搭配。

在吃完一盤後，進入下一個回合，我會再去添另一盤，當然是不一樣的菜色。如此反覆進行幾回合，直到心滿意足。我喜歡的順序是先吃生魚片，然後沙拉、中式熟食……這是人生的第三課：生命的目標和追尋有其階段性、輕重緩急，我要依自己的條件訂出個大致的順序，循序漸進。

不管吃什麼餐，經常會搭配飲料。它也是人生一個很好的隱喻。如果有紙杯裝的蜜水與金杯裝的苦茶兩種飲料可供選擇，那我以前會選金杯裝的苦茶，如今則要選擇紙杯裝的蜜水，因為現在的我在意的是人生的內涵，而非它的外觀；我的人生是供我品嘗的，不是擺出來給人看的。蜜水品嘗起來滋味也許較單調，苦茶也許較繁複，但我還是喜歡單純的甜蜜，而非複雜的苦澀。

水果通常是一餐裡的壓軸。在所有的水果中，我特別喜歡葡萄，一吃葡萄就會讓我想起下面這則寓言：一隻狐狸在路邊發現一座葡萄園，葡萄看起來香甜可口。但因為身體太胖，鑽不進園子的鐵欄杆，於是在園外餓了三天，才鑽進園子裡大快朵頤。葡萄真是香甜可口啊！但等到心滿意足而想溜出園子時，卻又因吃得太胖而鑽不出欄杆，於是只好又在園子裡餓了三天，瘦得跟原先一樣，才順利鑽出園外。狐狸在回到園外後，不禁感嘆：「空著肚子進去，又空著肚子出來，我真是白忙一場啊！」

人生的一切，到頭來豈非像這樣也是白忙一場？但做為人生最後的一個隱喻，我想這是劃錯了重點。故事的重點應該是在中間的部分：你看狐狸在葡萄園內吃得多麼快樂啊！所以，即使人生到頭來是一場空，也要空得很充實；縱然是白忙一場，也要忙得很快樂。

如果把人生看成一場又一場的大小宴席，不管多豐盛，吃不了多久就再也吃不下了；但再過幾個小時又開始飢腸轆轆；如此周而復始，而再無數次的循環後，終有一天，大家都會遁入無盡的空無，但就像善能禪師所說，我「不可以一朝風月，昧卻萬古長空；不可以萬古長空，不明一朝風月。」

與萬古長空相較，人生不過是剎那生滅，雖然苦短，畢竟也是風花雪月。而且正因為只有一朝，才顯得更加迷人，也更值得珍惜。但我們也不能耽溺在風花雪月中，太過執著，而忘了一切都將轉為萬古長空。如何在無盡和剎那之間，在空無與風月之間，取得一個平衡點，才是我在品嘗人生宴席時，應該好好修習的一門學問。

人生苦短，即使能長命百歲，我所經歷的生活、所參加的宴席、所品嘗到的酸甜苦辣，也只是花花世界裡的滄海一粟。但我何必為此感到遺憾呢？所謂「千江有水千江月」——千江萬水裡所顯現的千萬個月亮，是我再怎麼奔走都看不完的，但它們其實都是天上那唯一月亮的投影；我在自家門前小水溝裡看到的月亮和它的陰晴圓缺，跟在長江、太平洋裡看到的月亮及其陰晴圓缺，在本質上都是一樣的。就像《華嚴經》所說：「一切即一，一即一切。」我所經歷的人生雖然有限，所品嘗的宴席雖然不多，但其中的悲歡離合、酸甜苦辣，在本質上都是一樣的，我的經驗雖然有限，但已是萬象人生的縮影，我又何必非到天涯海角、閱盡世事，才能說我已品味了足夠的人生風采，了解了生命的本質呢？

英國詩人布萊克有一首詩：「從一粒沙看到整個世界／從一朵花看到一個天堂／無限掌握在我的手掌心／剎那即是永恆。」有人非要走遍世界，才能肯定地說什麼叫作沙；但有人卻可以從一粒沙中，看到整個世界。

我願我能從自己的剎那人生裡，體會無限的永恆！

爲生命找舞台
五位西班牙大師的故事

來到巴塞隆納，在畢卡索生平第一次開畫展的「四隻貓咖啡屋」用過午餐後，我們一行在當天下午和隔天陸續參觀了畢卡索、達利和米羅各自在巴塞隆納的美術館。眼睛和心靈一下子受到那麼多藝術傑作的洗禮，只能用「如痴如醉」來形容，但也讓我產生如下的聯想：

畢卡索、達利和米羅是舉世公認二十世紀最傑出的繪畫大師，他們都是西班牙人，早年也都在巴塞隆納活動過。但畢卡索在十九歲（一九〇〇年）、達利在二十二歲（一九二六年）、米羅在二十六歲（一九一九年）時，都分別前往巴黎，而且也都是在巴黎成名，而受到舉世矚目。

如果當初三個人都不到巴黎去，而終老於巴塞隆納，那他們還能成為世界級大師嗎？雖然難以回答，不過機會顯然會少很多。一方面因為巴黎是十九到二十世紀中葉世界藝術的中心，各種不同的思潮、流派在這裡誕生、交會、激盪、融合，你必須置身其中，接受它的洗禮，才能有反映時代脈動的創見。另一方面置身巴黎能大大提高你的能見度，讓世人有機會認識你；如果你待在窮鄉僻壤，那麼即使畫得比畢卡索好，也不會有人知道、有人理你。

因而領會：想要出人頭地，除了個人才華外，為自己的才華找到一個可以盡情揮灑的舞台，顯然也是一種重要的能力，或者說眼光。畢卡索、達利和米羅，就是具有這種眼光的天才。

接下來兩天，我們又在巴塞隆納的大街小巷參觀現代主義建築大師高第的作品。奎爾公園、米拉之家、特別是尚未完工的聖家堂大教堂都是高第的代表作。整個巴塞隆納就好像一個讓高第揮灑其創作才華的大舞台，在這裡，他有七個建築作品被列入世界遺產。

高第在人類建築史上的成就絕不下於繪畫史裡的畢卡索、達利和米羅，但高第除了早年的一些建築案子而不得不到外地外，可以說很少離開巴塞隆納。事實上，高第是個相當孤僻的人，無妻無兒，也沒幾個朋友，在巴塞隆納搞建築，可以說就是高第人生的全部。

但高第有一位貴人——巴塞隆納的商業鉅亨奎爾。奎爾獨具慧眼，賞識高第的天才，不僅請他設計殿堂、宅邸、公園，不必考慮經費，讓他自由揮灑；更為他介紹有錢的客戶，大大提升了高第的能見度和知名度。

作為藝術生命的舞台，巴塞隆納雖然不如巴黎，但如果沒有奎爾的相挺，高第很可能也不會在這個舞台上有這麼多的機會和出色演出。奎爾之於高第，就像伯樂之於千里馬。但高第是怎麼遇到奎爾這位貴人的呢？

原來在一八七八年，奎爾到巴黎參觀世界博覽會，在西班牙館看到一個陳列手套的玻璃展示櫃（這個展示櫃後來得到博覽會的設計銀牌獎），讓他印象至為深刻，在回到巴塞隆納後，就聯絡手套製造商，說想認識該玻璃展示櫃的設計者，也就是二十六歲、剛從建築系畢業沒多久的高第。高第和奎爾因此而成莫逆之交，這樣的因緣，在建築史上可以說是一大傳奇。

高第的故事似乎又在告訴我們：沒有人有義務來認識你和你的才華。但你若想讓人家認識你，甚至遇到賞識你的貴人，那就有義務在任何地方，做好任何事情來表現你自己，展現你的才華。巴黎也好，巴塞隆納也好，台北也罷，紐約也罷，任何地方都可以是你活躍的舞台；建造一座大教堂也好，設計一個小玻璃展示櫃也罷，任何事情也都可以是你展現才華的舞台。

回到台北後，我又想起卡薩爾斯，這位舉世公認二十世紀最偉大的大提琴家，他也是西班牙人，也在巴黎嶄露頭角，但世界各地知名的音樂廳才是他的舞台，更在英國的維多利亞女王和美國的老羅斯福總統面前演奏過。

卡薩爾斯熱愛西班牙共和國，但在佛朗哥奪得政權，成為法西斯的獨裁者後，他就極為失望與痛心，一九三八年十月（時年六十二歲），在巴塞隆納大劇院做最後一場演出後，他就流亡國外，誓言佛朗哥政權不倒，就不再回到西班牙。而且為了表示抗議，也拒絕到承認佛朗哥政權的國家表演（一九六一年應美國總統甘迺迪之邀到白宮演奏可能是唯一的例外，因為他認為甘迺迪是民主的象徵）。

雖然不想回西班牙，但卻選擇在靠近西班牙邊界的法國小鎮普拉列斯住了下來。

他很少再公開演出，直到一九五〇年，才在眾多好友的慫恿下，就地舉辦「普拉列斯卡薩爾斯音樂節」，吸引了世界知名的五十位音樂家和數千名聽眾齊聚普拉列斯共襄盛舉，空前熱烈。以後還連續舉辦了十六年，卡薩爾斯不僅重新找到他的舞台，而且為大家創造了一個新舞台，原本偏僻的小鎮普拉列斯，竟因此而成為當時「世界音樂的聖地」，每年都有不少音樂家和聽眾不遠千里來此朝聖。

一九五五年，卡薩爾斯來到他母親的出生地波多黎各（也是他後來妻子瑪塔的出生地，但母妻兩人都是西班牙的卡泰隆尼亞人），立刻愛上了這裡的大海，並在翌年也開始在這裡舉辦「卡薩爾斯音樂節」，每年照樣吸引眾多的音樂家與樂迷前來聆聽，讓原本是音樂沙漠的波多黎各搖身一變成為音樂綠洲。遺憾的是，卡薩爾斯直到一九七三年（九十六歲）過世，都沒有再回到他心心念念的西班牙，但卻為他自己和愛樂者創建了別具意義的新舞台。

西班牙是個迷人的國家，西班牙人是個熱情而充滿創意的民族，畢卡索、達利、米羅、高第和卡薩爾斯是我敬佩的藝術大師。他們的故事告訴我：在亮麗的舞台現身，可以讓我更容易受人注目；但我的工作、我的作品才是我真正的舞台。而更高明的人，則為自己和大家創造新舞台。

三毛的家・咖啡及隨想

半是眞實半是詩

去年春天，我和妻子到新竹縣五峰鄉清泉部落，在張學良文化園區繞了一圈後，再往上走，就到了很有特色的「三毛的家」（或稱「三毛夢屋」）。

一九八三年，偶然來到此地的三毛，喜歡上這裡的山光水色，而將它租下來，稍作改裝，就成為她的「家」和「做夢的地方」。她在這裡住了三年，除了為清泉部落天主堂的美籍神父丁松青翻譯三本著作外，也倘佯在山明水秀之中，尋找生活和寫作的靈感。

後來，這裡成了一家頗具特色的人文咖啡館，也是三毛書友的一個朝聖景點，屋裡屋外保存了不少跟三毛有關的文物。午後，我們安靜地坐在這裡悠閒地喝著咖啡，清風徐來，無所事事地看著前方宜人的景致，想像三毛當年也坐在這裡看山看水的情景，覺得活著真好。

我不認識三毛，她的作品也讀得不多，但在她自殺過世隔天，中國時報人間副刊卻要我寫篇文章回應。我推託不成，於是寫了一篇〈從三毛談自殺的詩與真實〉，以她為引子來談自殺所涉及的一些問題。

在那篇文章裡，我以存在哲學家卡繆的「自殺是唯一嚴肅的哲學問題」做開場白，因為「判斷人生是否值得活下去，就等於答覆了哲學的根本問題」。三毛以行動為自己答覆了這個問題，而且在閱聽機器的大量複製下，使我們每個人都成為「目擊者」與「談論者」。

接下來，我說：「真誠與否，是唯一嚴肅的自殺問題，但我們很難觸及這個問題的真正核心。自殺者在他和世人之間拉出這樣一個生命的曖昧泥沼，讓人難以穿越。但在閱聽機器的誘引下，我們又不得不談論它，結果我們談論的很少是自殺的『真實』，而是它的『詩』。它應驗了佛洛伊德所說的：我們不僅喜歡談論別人的死亡，而且喜歡美化別人的死亡，我們跟死亡的關係是『不誠實』的。」

當時，一些人對三毛自殺的反應讓我頗不以為然：「結果，我們從『談論者』變成『感懷者』，而自殺也從一個哲學問題輕易地蛻變成美學問題，『淒美悲劇』之說紛紛出籠。『詩』比『真實』具有更大的感染力，一九六二年，瑪麗蓮夢露自殺，在報章雜誌詳盡的報導、追憶、懷念之後……。但作家不是電影明星，他們是人生的闡釋者兼答覆者，他們有必要回答『詩』與『真實』的問題。……歌德在曉得他的小說產生自殺流行的『維特效應』後，對讀者執意『要將詩變成真實』深感遺憾。而對於三毛的自殺，我們之中是否有人執意要將『真實』變成『詩』呢？」

我對三毛以自殺來終結她那受歌詠的傳奇人生也感到遺憾：「將『真實』變成『詩』，模糊了自殺、死亡與生命的本質。一個人既然以自殺來答覆『人生是否值得活下去』這個問題，我們本來也無權置喙，而生人在事後美化一下也無妨；但若自殺者是一個作家，則我們必須狠心追問兩個問題：一是這個作家是否對『生命的本質』做了深刻的掌握？一是此一行動是否是個『淒美的悲劇』？因為她的行動同時含有『答覆眾多讀者』的意味。……也許我誤解了三毛的生命。但在閱聽媒體的強力感染下，誤解三毛的生命事小，誤解生命的本質事大。」

事隔這麼多年，我對生命和三毛都多了一點認識，特別是此時坐在這裡，覺得似乎從沒有跟她這麼親近過，對她、自殺還有人生也多了一些看法：

自殺跟人生一樣，有它的「詩」與「真實」面，兩者常是矛盾的，但卻也都是必須的。我覺得，三毛在面對人生時，是個執意要將「真實」變成「詩」的人；就像對她的自殺，受她感染的崇拜者執意要將「真實」美化成「詩」一般。當然，這不是對錯或真偽的問題，而是你要怎麼看待人生和自己、還有別人的觀點問題。

當年，三毛是個傳奇女子，她的四處流浪、敢愛敢恨、無拘無束，不知羨煞了多少循規蹈矩的人。很多人都認為三毛的勇於掙脫傳統束縛、打破框框，乃是因為她能真誠地直面自己和人生，就像孟慶羽所說：「三毛作品的最大的特點也是最可貴之處，就是她勇敢地向讀者吐露自己的真情實感。三毛的作品大都是自傳性的文學……，通過她的作品讀者可以感受到一個真摯、坦率、純淨、高貴的靈魂。她的作品是用她的心、她的血、她的青春與愛情寫成的。」

但也有人指出，三毛是個怪僻、自戀、神經質、喜歡追求幻影、做白日夢的女人，有人甚至說她有點「假」、濫情與矯情。其實我覺得這不是「真誠」或「虛

個一是她為因，「意詩」的當相有就本原「實真」的繪描所毛三是而，題問的「偽

執意要將人生的「真實」變成「詩」的人。

這是她的癖性、她的品味、她的人生觀和價值觀，她只是在勇敢而真誠地表達自己的性情和價值觀而已，如果她想「真誠地濫情」，又有誰有權利「不准」她濫情？

三毛筆下的撒哈拉沙漠是「詩」，她和荷西的愛情也是「詩」，但這就是她的「真實」。我們可以這樣說，三毛展示給我們看的她的人生、她的故事，像一則則美麗動人而又讓某些人心滿意足的神話，半是真實半是詩，或是被詩所渲染的真實。也許這不是生命的本質，但卻是人生的一個「虛妄真相」。它讓我想起偉大的心理學家榮格，在他的自傳《回憶．夢與省思》開場白所說的：「神話在表達生命時，遠比科學來得精確。因此，我現在要說的是有關我個人的神話。這些故事是否真實並不重要，重要的是它是我的真理。」

三毛所說的故事，還有故事結尾時的自殺，「是否真實或合情合理並不重要」，重要的是那是「她的真理」。至於我們，能從中得到什麼感悟，那就要看個人的造化。

恨關羽，不能張飛
我到三貂角放生了自己

在桌前，看到一隻不知從哪裡跑進來的蜜蜂，一再撞擊紗窗，想飛到外面去。我很自然地打開紗窗，放牠飛回窗外的大自然中。

我想每個人都會這樣做。蜜蜂被困在屋內，如果飛不出去，大概只有死路一條。打開紗窗，放牠一條生路，只是舉手之勞，何樂而不為？

我們的「惻隱之心」並不只限於同類，在因緣湊巧時，看到陷入困境或死路的各種生靈，只要是於己無損，絕大多數人也都樂於幫助牠們脫困。這種隨緣（機）放生，其實是人的良知良能，並無特別難得或高貴之處。

主張慈悲的佛教重視放生，也是理所當然。但《大智度論》卻說：「諸餘罪中，殺業最重；諸功德中，放生第一。」在這種觀念引導下，又產生「集體放生」的做法：由信眾籌資，有計畫地去購買瀕死、代宰的魚蝦、禽鳥等，將牠們送回大自然，認為這是「第一功德」。

我曾經在梧棲港觀光漁市看到一個和尚帶領信眾，買了好幾盤活魚活蝦，然後走沒幾步，就直接倒進港邊停靠漁船、飽含油汙的海水中。對他們的這種善心，我只能無奈搖頭。

很多好事在做得過火、走偏鋒、儀式化、商業化後，往往就會成為憾事。我不想多談宗教上的放生，只是覺得不管要做什麼，最好都從自己做起，既然放生是好事，那就從「自我放生」做起：

要如何「自我放生」？首先，就是要先體認自己其實是一隻「恨關羽，不能張飛」的籠中鳥。困住自己的牢籠有的有形、有的無形，像身體、房間、家庭、工作等這些有形的牢籠，大家比較容易感覺到它們的束縛，而想要掙脫；但所謂「名韁利鎖」，像財富、名聲、權勢、七情六欲、觀念、思維等這些無形的牢籠，卻往往讓人深陷其中卻渾然不覺，甚至還甘之如飴。

對我來說，「自我放生」就是要將我從束縛自己的各種有形、無形牢籠中解放出來。但「放」，不是要完全放下、徹底擺脫、全部斷捨離（這根本不可能），而是不要被它們綁住、困住。在任何時候，都不要給自己太大的壓力，而應留給自己更多的時間、更多的空間、更多的自由與更大的彈性。

以前，我每天都排滿了必須做、應該做、值得做的事，並因此而覺得自己每天都過得很充實、很有意義。有很長一段時間，我在各報章雜誌寫專欄，多的時候一個月要寫二十篇，但後來卻慢慢發現有點累，不過還是勉力為之；直到有一天，我用來寫作的電腦忽然壞了，又找不到人來維修，怎麼辦？心煩意亂之下，只好開車到東北角散散心。

來到三貂角，燈塔像個隱士般靜默矗立。我繞了一圈，站在高崗上，看著前方開闊的藍天和大海，海闊天空，原本被困在斗室裡的一顆焦躁的心慢慢平靜了下來，在山海之間受到了清洗，得到了安撫。一陣風吹過，忽然覺得寫那麼多文章實在是一件非常無聊、荒唐、可笑的事！

我幹嘛想不開，用這種無聊、荒唐、可笑的事來綑綁自己？然後彷彿撥雲見日，當下決定要停掉兩個專欄。雖然說「天行健，君子以自強不息」，但地球絕不會因我少寫文章或不寫文章而停止轉動！我實在不必那麼看重自己和自己的工作。

原本計畫早早回去的我，於是想再放鬆一下，所以又繼續往前走，從台灣海峽轉進太平洋，沿途心無所繫、無牽無掛、無所事事地倘佯在大自然的懷抱中，然後走北宜公路（當時還沒有國道五號），入夜後才回到台北。

這趟旅程，對我頗具紀念意義。在學生時代，我也曾因人生失據、生活空虛，而一個人四處流浪，但那更像是一種「自我放逐」，周遭的山光水色雖然也能給我一些撫慰，回去之後，我的心靈依然是空虛、蒼涼的。而這趟東北角的旅程才是真正的「自我放生」，回來後雖然也覺得有點累，但卻另有一種清新、愉快、滿足的感覺，因為那是我在辛勤工作之後，受困心靈的解放。

從那以後，我寫稿的工作減少了，每隔幾天，就會和妻子走出家門，四處閒逛，美其名為「兩人放生」。但慢慢發現，我們最喜歡的還是倘佯在山上、海邊、鄉野、田間、林中，也就是大自然的懷抱裡，因為那裡才是我們生命的來處與歸處，對受困的心靈有著來自亙古的召喚。走進大自然，就是在放自己一條生路。

從「自我放生」到「兩人放生」，我也慢慢體會：我不只要放自己一條生路，讓自己從各種有形、無形的束縛中解放出來；我也要放我妻子一條生路，不要再以各種有形、無形的牢籠去束縛她。在放生了妻子後，變得更自由、更自在的她也不再對我指東指西、說南道北，我發現我居然也被她放生了，兩人的關係也變得更自由、開放而愉快。

在放生了自己和妻子，覺得這是一種很有意義的慈悲做法後，我又開始去放生兒女、親友、同事、同胞，提醒自己，不要再給他們太多的束縛、壓力或期待，而應該給他們更多的選擇空間、更多的自由，要學會尊重他們的想法和做法，不要把自己的意志強加在他們身上。

這些，恐怕是終我一生都難以完成的，我怎麼還有心思去買什麼魚蝦、禽鳥來放生呢？

最後五分鐘
考驗人生的一個問題

曾經有人一臉認真地問我：「如果你的生命只剩下最後五分鐘，你會做什麼？」我一下子愣住了，不知如何回答，只覺得果真死到臨頭，好像也沒有什麼特別的事可以做。在對方一再逼問下，我只好說：「大概是躺下來，胡思亂想或什麼也不想，安靜地等待死亡的來臨吧！」對方聽了似乎很失望。

後來才知道，這個問題最動人的答案是：「把握時間，立刻打電話向某人做你一直想做但卻沒有做的最真誠的告白！」然後引出「那你為什麼不現在就去打呢？」的人生規勸，頗有醒世與勵志的意味。

相較之下，我的答案不僅怪，而且蒼白無力，難怪對方會失望。

更後來又知道，美國在一九五〇年代就有個「最後兩分鐘」的電視節目，邀請名人上節目暢談如何利用生命的最後兩分鐘。很多應邀亮相的名人都談得驚天動地，口沫橫飛。但當製作單位邀請愛因斯坦來共襄盛舉時，愛因斯坦卻拒絕參加，他在給製作單位的回信裡說：「如何使用生命的最後兩分鐘，對我來說，似乎不怎麼重要。」

確實是不怎麼重要。所以，看來我的答案也不會差到哪裡，更為愛因斯坦的直白回答拍手叫好。

更更後來，在里爾克的《馬爾泰手記》裡讀到十九世紀的法國詩人阿威爾如何使用他生命最後一分鐘的故事：原來，阿威爾畢生追求詩句的精鍊優雅，憎惡語言的混淆；臨死前，他躺在病床上氣若游絲，護士以為他就要嚥氣，朝門外大喊：「快把走廊上的某某東西拿進來！」

但護士把Korridor（走廊）唸成了Kollidor，阿威爾聽見了，將他的死亡稍稍延後一分鐘，鼓起最後的生命力，張開眼睛，很清晰地對護士說：「那個字的正確拼法應該是Korridor。」在即時糾正護士的錯誤後，他才又閉上眼睛，安然離開這個塵世。

聽起來似乎也有點怪。但後來才慢慢理解，這其實在表示阿威爾生命的理念相當明確，而且可以說是幸福的。因為「憎惡語言混淆」的他一路走來，始終如一，直到他生命的最後一分鐘，依然在做反映其信念的事情，沒有任何改變或追悔，這就是最堅定的生命信念與最值得信賴的幸福。

也因而想起《左傳》裡的一個故事：孔子的得意門生子路在衛國內亂時，挺身而出護衛他的主人孔悝，對抗蒯聵，但被蒯聵派人擊殺，戴在頭上的帽帶斷了，他在臨死之前，鼓其餘力，堅持把帽帶綁好，表示「君子就算死，也要把帽子戴端正！」

我以前認為子路的這種「結纓而死」有點迂腐，想來是因為那時的我腦中充滿「儒家就是迂腐」的偏見的關係。現在倒是覺得，子路在臨死時依然堅持他對孔子教誨的不移信念，是一個真正的君子。

如果一個人到了生命的最後五分鐘才想到要改弦更張，而盡去做些平常沒做、不想做、不敢做的事情，那豈不是在表明他在死前對自己既往的人生感到懊惱，產生了莫名的追悔，覺得自己「活錯了」或「白活了」？

「安靜地躺下來，胡思亂想或什麼也不想。」我這個答案既不偉大，也不動人，但我卻愈來愈喜歡。對我來說，它一點也不奇怪，因為那就是我平日經常在做，喜歡做的事情。也許這談不上什麼生命信念，但卻是我偏愛的生命情調。我希望今後，甚至到死前，一有機會，都能夠坐或躺在安靜的地方，悠閒地想些事情。

說生命只剩下最後兩分鐘、五分鐘、十分鐘，也許太過逼人，但如果只剩下一天，那我會想做什麼呢？宗教改革者馬丁．路德說：「即使明天是世界末日，今天我依然要種我的蘋果樹。」每個人都有他想種、要種的蘋果樹，何必因為末日的逼近，而忽然想要改種櫻桃樹呢？

這個末日，即使不是今天的明天，但總會是將來某一天的明天。每天都照自己原先的想望，去做自己喜歡做的事，去種自己想種的蘋果樹吧！又何必因為看不到收成而悲嘆呢？

想要當蝴蝶
先學習毛毛蟲的繭中變身術

喜歡小說家理查・巴哈所說：「毛毛蟲以為走到了世界盡頭，上帝卻讓牠變成蝴蝶。」覺得它似乎比陸游的「山窮水盡疑無路，柳暗花明又一村」更有現代感，也更深刻。人世間正不乏這樣的實例：

美國有一位肉販哈洛德・拉塞爾，在參加二戰時，不幸被炸掉了雙手，他悲痛欲絕，覺得人生似乎走到了盡頭，但他還必須活下去。為了能應付生活所需，醫師在他的前臂套上兩個鉤子。在不斷練習後，他不僅能像普通人般生活如常，更將雙鉤要得虎虎生風，神乎其技，而博得「雙鉤兒」的雅號。

後來，好萊塢的星探相中他，邀他去擔任《黃金時代》影片中的男配角。因為演得太感人，不僅讓他獲得第十九屆奧斯卡的最佳男配角獎，更榮獲「為退伍軍人帶來希望和勇氣」的特別獎。哈洛德後來還在電台主持節目，媒體也爭相報導他的事蹟。他逢人便說：「如果不是遭受那次意外，我就不會有機會演那個角色，那次不幸的意外成了我一生中最有價值的事件之一。」

被炸掉雙手，是何其不幸的意外。但哈洛德在「疑無路」後不放棄，繼續走下去，結果走到了「又一村」，看到了更美好的景致，有了更燦爛的人生。這也很有老子「禍福相倚」的味道，但我總覺得「毛毛蟲蛻變成蝴蝶」的比喻似乎更具深意：原本只是一隻毛毛蟲的哈洛德，在走到生命盡頭時，上帝卻奇蹟般地讓他變成了蝴蝶。

在自然界，毛毛蟲是怎麼變成蝴蝶的呢？很多人以為那是毛毛蟲在長得夠大後，就吐絲結一個繭，把自己包起來，然後默默地在黑暗中以原來形體為基礎添枝加葉，長出豔麗的翅膀、敏感的觸鬚等等。

其實大謬不然！

很多昆蟲的幼蟲和成蟲，在形態與機能上都不太一樣，在生物學上稱為「變態」，那是在物競天擇下，為了適應生存而演化出來的。昆蟲的變態可分兩大類：像蝗蟲、白蟻的成蟲只是在幼蟲的基礎上漸漸長出翅膀而已，形態和習性改變不多，稱為「漸進變態」或「不完全變態」。而蝴蝶、蜜蜂的成蟲和幼蟲不僅在形態上判然有別，生活習性也截然不同，則稱為「完全變態」。

「完全變態」是怎麼發生的呢？原來蝴蝶在交配後所產的受精卵，在發育到一個階段時，體內的細胞就分為兩組，幼蟲所分泌的荷爾蒙會壓制第一組細胞的成長，卻讓第二組細胞繼續發育成毛毛蟲。一直要等到毛毛蟲結繭變成了蛹，體內的某些組織死亡，原先的荷爾蒙停止分泌，沉潛的第一組細胞不再受壓抑，於是轉而以毛毛蟲的身體為營養，開始發育成在形態及習性上都截然不同的蝴蝶，也就是「完全變態」。

人世間有很多事務，跟昆蟲的變態其實頗為類似。譬如滿清末年，面臨空前的生死存亡挑戰，為了救亡圖存而出現兩條路線：一條是由康有為、梁啟超為代表的維新派，保皇變法，鼓吹君主立憲制；一條是由孫文、黃興領導的革命派，主張推翻帝制，實施民主政治。想在原有帝制之下多一部憲法和國會議員的維新派，就好像白蟻在原有的身體上長出翅膀的「漸進變態」；而要推翻帝制，實行民主政治的革命派，就好像蝴蝶取代毛毛蟲的「完全變態」。

革命派猶如蝴蝶幼蟲體內的第一組細胞，必然會受到既有體制的打壓，但等到時機來臨，就會變得活躍，徹底瓦解舊有的組織，帶來真正的「質變」。當然這只是粗略的比喻，人世間的社會變化要比昆蟲的蛻變複雜得多。

對一般人來說，前面哈洛德的故事也許有更多的啟發性。他在遭逢巨大的變故後，不僅必須放棄他做為一個肉販的形體（雙手），學習如何使用新的機器鉤子；他的人生觀、價值觀、工作方式、人際關係、生活習慣等等，也都要做很大的調整，甚至必須跟過去截然不同，才能蛻變成奧斯卡最佳男配角哈洛德，也才能有滿意的新人生。這種類似毛毛蟲蛻變成蝴蝶的「完全變態」，應該也是多數人在陷入困境時，最希望能在自己身上出現的改變方式。

其實，每個人也都具有這種蛻變的潛能。打個比喻來說，每個人生來都具有成為毛毛蟲和蝴蝶的兩種可能，大家在剛開始時，也許都像一隻毛毛蟲，只在一直吃一直吃中過日子，有些人在這個階段就死了，或終生只能當一隻毛毛蟲；挑戰來臨時，有些人結出生命之繭來度過困境，但一部分人啟動不了展開新生活的機制，喚不醒成為蝴蝶的潛能和渴望，結果困死在繭裡面；只有一部分人徹底覺悟、不再留戀過去，毅然結束、告別毛毛蟲的生涯，讓蛻變成蝴蝶的潛能（另一組基因）不再受到壓制，而以「死去的毛毛蟲」為養分，開始欣快、盡情地滋長，蛻變成為一個更高、更好、完全不一樣的自己。

如果哈洛德不是遭逢巨大變故，那麼他退伍後很可能繼續當肉販，終生都只是個肉販。人世間的毛毛蟲，並不是在一帆風順中就能輕輕鬆鬆地變成蝴蝶的，他需要接受逆境的挑戰，而且也不是在逆境中結個繭，把自己包起來就能變成蝴蝶的。為什麼說「從前種種，譬如昨日死；以後種種，譬如今日生」？昨日死與今日生雖然是一種延續的過程，但要想「脫胎換骨」，就必須往「死裡求生」，這是一個艱難的蛻變過程，但也值得努力、值得期待。

「從前種種」，指的是你在當毛毛蟲時代的造型、觀念、心態、習性等，你必須讓它們「死」，這樣你才有重生的機會；但你也無需詆毀、責怪、惋惜那些過去，而是要讓它們能「化作春泥更護花」，成為你「今日生」的養分，轉而以不同的造型、觀念、心態、習性來營造「今後種種」，重新出發，如此方能完全蛻變成翩翩起舞的蝴蝶——完全不同於過去、更高、更好的你。

所以，「毛毛蟲以為走到了世界盡頭，上帝卻讓牠變成蝴蝶。」小說家還是把問題太過美化與簡化了，如果你還是一隻快要走到盡頭的毛毛蟲，那你最好不要在那裡痴痴等待上帝用魔棒一指，就讓你輕鬆變成蝴蝶。

你才是能為你自己帶來蛻變的「上帝」！

心有所相
在寒山寺發現自己的虛妄

蘇州的兩個導遊，一個世故老辣，像祝枝山；一個白淨儒雅，像文徵明。斜風細雨中，「文徵明」帶我們一行來到了寒山寺。杏花雨沾衣欲濕，但他卻不急於入寺，反而站在寺前的小河邊，透過擴音器，吟起唐朝張繼的《楓橋夜泊》來：

夜落烏啼霜滿天，江楓漁火對愁眠；
姑蘇城外寒山寺，夜半鐘聲到客船。

據說入京赴試，失意而歸的張繼，曾在千年前夜泊蘇州，而寫下了這首千古名詩。今之「文徵明」（蘇州大學中文系的講師）口沫橫飛地說：所謂「江楓漁火」並非江邊的楓樹和漁火，而是在說江村橋和封橋之間的漁火。

他指點寺側一座斑駁的拱橋，說：「這就是江村橋，封橋則在那邊（宵禁時封閉之橋，今已不存）。蘇州在唐代並沒有楓樹，楓橋乃封橋之誤。不到蘇州，就不知道這個錯誤。」

細雨恍若千絲萬縷，意欲將我們一行的身影編織進那載負著厚重歷史的河面，我的眼光隨波逐流，心裡似有五味雜陳，那是一股摻雜著驚訝、迷惑、失望、不安與破滅的複雜情緒。

除了忽然聽到一首千年名詩裡竟然隱含了一個可怕的錯誤，更因為看到眼前這河，這條看起來只比水溝稍微大一點的河，怎麼一點也不像我懷想中張繼夜泊過的那條河？我對張繼、對蘇州、對唐朝、對中國的想像，是否有太多的虛妄？太一廂情願？

雨愈下愈大，幾乎是為了避雨，我們倉皇奔進了寒山寺。

在後進的寒拾殿，有一座似曾相識的雕刻：手持一朵荷花、敞肚微笑的寒山，和雙手托著淨瓶、亦莊亦諧的拾得，被塑成金身，高高在上；自在迴旋，而又不動如山。

「文徵明」又說話了：「寒山和拾得被稱為『和合二仙』，感情很好。我們蘇州人結婚時，喜歡在洞房裡掛上這樣的一幅畫，象徵圓滿和諧，百年好合，就跟寒山和拾得一樣。」

寒山是唐代的詩僧，寒山寺就是因他在此圓寂而得名。荷花與淨瓶，洞房花燭夜，將長梗的荷花插入淨瓶中，倒也是畫中有話（另有些畫中的拾得捧的則是一個禮盒，荷花與禮盒成了「和合」的象徵）。但不知為什麼，今之「文徵明」的這個說法卻讓我覺得有點怪。

雨勢稍歇。到前庭，花了一元人民幣，做了午後亂撞鐘的施主後，我又回到寒拾殿。

終於想起是在哪裡看過這尊雕像了。但，且慢！寒山是要將荷花插進淨瓶裡？還是已經從淨瓶裡拔出荷花？

我仔細端詳，卻徒增迷惘。

學生時代，在一本反傳統的異端之書裡，我曾和寒山、拾得照過面。他們被奉為嬉皮在中國的祖師爺，是打破虛偽和諧的英雄，當時在新生南路的斗室裡，我彷彿聽到從淨瓶裡扯出荷花的寒山，發出摧枯拉朽的狂放笑聲，力透紙背，久久不歇。

但現在，在這個真正屬於寒山的地方，他看起來卻是那麼地慈眉善目，正溫柔地欲將荷花插入淨瓶中，是圓滿和諧的象徵。

我到底應該相信哪一種說法呢？寒山和拾得的不修邊幅、衣衫襤褸、粗茶淡飯，跟美國嬉皮的確有些相像；而寒山問拾得：「世間謗我、欺我、辱我、笑我、輕我、賤我、惡我、騙我，如何處治乎？」拾得回答：「只是忍他、讓他、由他、避他、耐他、敬他、不要理他、再待幾年你且看他。」似乎也是嬉皮的處世哲學。

但這是因為寒山和拾得的叛逆、反傳統、不隨波逐流，還是來自他們包容、慈悲、脫俗的心胸？

我感覺好像有什麼根深柢固的東西就要從內心深處被拔除。就在不安與惶惑中，前庭不斷傳來擾人的鐘聲，又有遊客花錢在亂撞午後鐘，讓我的心神不得安寧！

但我剛才不也這樣做嗎？我要為我的低俗辯解嗎？寺廟的暮鼓晨鐘才能發人深省，而張繼為什麼說「夜半鐘聲到客船」？以前讀詩都是先背了再說，但可曾聽過寺廟在半夜敲鐘？可曾懷疑過張繼的詩只是脫離現實的想像？我的心中一時又五味雜陳了起來（後來知道，唐朝的寺廟是在半夜敲鐘的，而寒山寺到宋朝時，還是在半夜敲鐘的）。

我悵然地提早返車。躲在車上的「祝枝山」像冬眠醒來的赤練蛇，瞇著眼睛問：「看到什麼好看的沒有？」

我微微一笑，沒有答話，但也覺得是一個很好的回答。

未到寒山寺，心中對跟它相關的某些問題都存在著美好而踏實的看法。但等真的來到寒山寺後，才知道自己原先的看法有多虛妄！

而人生，很多時候不也都是這樣嗎？

幸福在何方

難以比較，無法交換的感覺

年前到鄉間走訪多年未見的一位老友，發現他的居處寬雅、環境清幽，夫妻看起來身體都很硬朗，神清氣爽，生活應該很愜意。但我們卻毫無所悉。以前也是寫手的他，已停筆多年，如今沒有臉書，也沒有Line。

他很歡迎我們的到訪，也關心地問起一些老朋友的近況。我當下有感，勸他應該多多和朋友聯絡，多多與人分享他現在的幸福生活。

他淡然地說並不覺得有那個需要，然後反問：「何必讓人知道？」

說的也是。真正的幸福是自得而忘言，何必讓人知道？自己的幸福是自家的事，自己負責，何必他人的鼓掌、認可、指導或允許？

誰不想過幸福的生活呢？但你有你的幸福，我有我的幸福，每個人想要的幸福都不相同，幸福其實難以比較、也無法交換。羨慕別人的幸福，想要擁有同樣的幸福，是一種可悲的愚蠢；而張揚自己的幸福，炫耀我比你幸福，則是一種難看的膚淺。

有人羨慕影星伊麗莎白・泰勒的人生，但她說：「我一生愛過七個男人，有過八次婚姻。上帝給了我美貌、聲名、成功和財富，所以沒有給我幸福。」愛情、婚姻、美貌、聲名、成功、財富和上帝，都不能保證能給你幸福，幸福其實是你給你自己的一種感受。

走了很長的人生路後才曉得，幸福不是我要去的某個地方、想追求的某個目標，而是一種心情、一種感受。如果對所經歷的一切，都能產生快樂而有意義的感受，那麼不管我身處何地、做什麼事，都能發現幸福、體驗幸福。

很多看似稀鬆平常的事，卻能讓某些人感到無比的幸福。海倫・凱勒說：「我常想，如果每一個人在剛成年時都能突然聾盲幾天，那對他可能會是一種幸福。黑暗會使他更加懂得視力之可貴，寂靜會教育他懂得聲音的甜美。」我們只有在失去後，才知道什麼是幸福；但在還擁有時，卻不懂得珍惜。

當然，幸福不能只靠開發內在的感受力，我們還是要有一些外在的追求。

有一年，我和家人開了幾個小時的車，到台南七股觀賞黑面琵鷺，覺得那的確是讓人感到幸福的經驗，是無法光靠想像就能達到的。但過沒不久，一個南部友人打電話問我板橋的雁鴨公園好不好玩？要怎麼走？因為他也開了幾個小時的車，帶家人到北部旅遊，想順便去觀賞雁鴨。我一下子被問倒了，顯然他也認為那會是一件幸福的事。但老實說，板橋就在我家隔壁，我卻從未想過要去看雁鴨，最少不會覺得像去七股看黑面琵鷺那樣幸福。

讓人感到幸福的美好事物，似乎總是在遙遠的地方。遠方，就像一個神祕而又媚人的姑娘，在呼喚著我們。走更遠的路、花費更多心血得到的東西，看起來就顯得特別珍貴、讓人覺得格外幸福。其實，遙遠的地方是相對的，美好的東西也是相對的。就在我身邊，我認為沒有什麼的，正是別人眼中遙遠地方的美好東西。那些到遠方追尋幸福的人，很可能是把幸福遺忘在自己家裡。

幸福非常多樣。有些幸福唾手可得，有些幸福則需奮力才能得到；後者看起來較為珍貴，但多年的經驗告訴我，在追求奮力才能得到的幸福時，我會暫時停下來，享受眼前那些唾手可得的幸福。唯有如此，我才能更經常有更多幸福的體驗。

每個人都在人生的階梯上攀爬，年輕時候認為，如果我能爬得更高，就會有更多美好的經驗，而讓我覺得更加幸福。於是努力地爬啊爬，直到有一天，讀了盧梭的《懺悔錄》才醍醐灌頂。

被譽為浪漫主義與自然主義之父盧梭，在日內瓦出生，家族世代以製錶業維生，但他不甘做個製錶匠，很早就離開家鄉，四處漂泊，做過無數工作，也得到幾個美麗而多情貴婦的垂愛，最後來到巴黎，周旋於上流社會及知識分子之間，更寫出《民約論》、《愛彌兒》等不朽傑作，引領社會風潮，成為受人崇拜與羨慕的英雄人物。

看似幸福無比的他，卻在《懺悔錄》裡說，他當初如果在家鄉做個製錶匠以終，或者在坎坷流浪的某個時候能安定下來，不管是做個地籍調查員、勤務兵或音樂教師，而不要到巴黎去，那他的人生可能會比較幸福。因為他發現：他大多數歡樂與榮耀的背後也都隱含了不安和痛苦，在被推向生命的高峰時，雖然表現出他最好的一面，但同時也表現出最壞的一面；他的生命在善良、高貴、謙卑與邪惡、墮落、張狂之間，被難過地撕扯著。他只是變得比較複雜而已，並沒有變得比較幸福。

「劇憐高處多風雨，何必更上一層樓？」但這並不是說我們要安於現狀，不必往上爬，不必去追求更美好的人生，而是要提醒自己，想像中的幸福有虛妄的成分。我個人的經驗是：年輕時，為了追求夢想中的幸福，我曾經歷過真實的苦難。這些苦難提醒我，我所追求的幸福很可能是虛妄的。後來，這些苦難安慰我，畢竟我做了我想做的事，何必計較？如今，這些苦難說服我，它們其實是我今日幸福的基石。

雖然說只有經過自己努力追求而得到的幸福，才顯得更珍貴也更有意義，但總的來說，回想自己曾經有過的幸福時光，發現裡面除了自己外，通常還有別人的身影：譬如與家人一起去河邊捉蝦，和朋友在咖啡屋暢談理想，與同事結伴出國旅遊等。它們讓我想起詩人拜倫說的：「所有想要幸福的人都必須學會分享，幸福是一對雙胞胎。」這種分享，其實更像是共享，因為能與別人一起快樂，就覺得更加快樂、更有意義，也更有幸福感。

對現在的我來說，最簡單、最有意義也最值得珍惜的幸福就是有親人、朋友或他人在身邊，以光和熱互相照耀，彼此感到明亮與溫暖。

狐狸與刺蝟
老乾媽風味醬VS.象鼻蟲紀念碑

古希臘有句諺語：「狐狸有很多伎倆，刺蝟只有一招。」表面上看來，狐狸是既聰明又能幹，刺蝟則顯得簡單笨拙；不過求生的技巧在精而不在多，雖然只會一招，但若管用，則反而省事，也更具智慧。社會上不乏這樣的實例，近年來我吃妻子煮的麵，幾乎成了必備佐料的「老乾媽香辣脆油辣椒醬」就是一個特殊而又傳奇、活生生的例子。

「老乾媽」一名叫陶華碧，原是一位寡婦，三十六歲時用多年積蓄在貴州貴陽開了家簡陋的餐廳，賣涼粉、冷麵等餐點。靠過去學來的手藝，她自製麻辣醬做為拌涼粉的拌料。營業沒多久，生意就十分興隆。但不久也發現，很多顧客都是衝著她的麻辣醬而來，經常在用完餐後，還順便買些帶回去。後來更查出附近的十幾家餐廳竟然也都偷偷地來買她的麻辣醬去做他們的拌料，難怪自己做的麻辣醬總是不敷使用。

原本氣炸了的她在冷靜下來、一番思考後，於一九九六年毅然把營業七年的餐廳關了，改開一家加工廠，專門生產麻辣醬。她一手創辦的「老乾媽風味食品有限責任公司」發展迅速，後來擁有數千名員工，年營業額達數十億人民幣，產品也從一種麻辣醬衍生出二十多種相關的調味佐料，銷售世界各國。我桌上的香辣脆油辣椒醬就是其中之一。

如果要在狐狸與刺蝟間做選擇，相信很多人都會想當狐狸，好顯出自己是既聰明又能幹，這個也會那個也會，這個也賣那個也賣，忙得不亦樂乎。但這樣反而會模糊焦點，讓人看不出特色在哪裡。這也是不少號稱有百道佳餚的餐廳，生意卻不如只賣一碗紅燒牛肉麵或一塊香酥雞排的原因。老乾媽陶華碧更乾脆，最後連涼粉都不賣了，而只剩下小小的配角——也就是她最擅長的麻辣醬，結果小兵立大功，從單一出發，反而得到豐碩的成果。

放棄無用而累贅的東西誰都會，但要毅然割捨一些看起來其實還不錯的東西，就需要智慧與勇氣。想當個只會一招的刺蝟，看起來似乎是簡單的改變，但卻必須先放棄想「繼續當狐狸」的誘惑。不過在決心只想當一隻刺蝟之前，最好還要再看下面這個故事：

美國南方阿拉巴馬州企業郡（Enterprise）的街頭廣場上矗立著一座特殊的紀念碑：一尊有如希臘女神般的雕像，雙手高高舉起一隻巨大的象鼻蟲。這個特殊的造型是為了紀念一場災難帶給州民的生命啟示：

原來阿拉巴馬州向來就是棉花的盛產地，絕大多數的居民世世代代都靠種植棉花維生，一望無際的棉花田雖然單調，但也極為壯觀，不僅是該州最重要的經濟命脈，也為大家帶來了繁榮富裕的生活。但一九一〇年，一場超大型的象鼻蟲災害如狂潮般席捲阿拉巴馬州的棉花田，蟲子雖小，卻多到不可勝數，所到之處，很多棉花樹在一夜之間都成了光禿禿的枝幹，棉農只能放聲大哭。在專家建議下，棉農噴灑大量的殺蟲劑，但不到兩星期，更多的象鼻蟲又捲土重來，棉農只能望「蟲」興嘆，大家賴以為生並引以為傲的經濟命脈，就這樣被毀於一旦。

在痛定思痛之後，有人開始認識到光靠種棉花這種單一作物雖然簡單、管理方便，卻也是危險的，因為日後若再爆發類似的象鼻蟲災害，那不僅血本無歸，連生活都會成問題。於是有人開始在棉花田裡套種玉米、大豆、煙葉等農作物。雖然棉花田裡還會有象鼻蟲，但少量的農藥就可以消滅牠們，已不足為患；而棉花和其他農作物的生長也都很好，一年的收成顯示，栽種多種農作物的經濟效益比單純種棉花要高四倍。

它也因此成為阿拉巴馬州農業的新模式。該州的經濟又走上了更加繁榮、興盛之路，人們的生活也愈來愈好。這也是阿拉巴馬州企業郡的街頭廣場上會出現「象鼻蟲紀念碑」的原因，紀念碑的碑文上寫著：「深深感謝象鼻蟲為繁榮阿拉巴馬州經濟做出的傑出貢獻。」因為象鼻蟲讓他們大澈大悟：光靠棉花這種單一作物來維生是危險的，要避免出乎意料的毀滅性災難的最好策略就是要有多元化的觀念和做法。

農作物如此，其他方面何嘗不也是如此？單一的產品、單一的思想、單一的行動，所謂「定於一尊」、「萬眾一心」，固然有其優點，但也會淪為僵化，難有轉圜餘地。如果等到難以逆料的毀滅性災難降臨，才想要改弦更張，通常是為時已晚。

事實上，老乾媽風味食品公司雖然只賣調味佐料，但也不是只賣一種辣椒醬，它後來又推出風味豆豉、鮮牛肉末、水豆豉、風味腐乳等二十多種系列產品。這跟阿拉巴馬州的企業郡其實有點類似，在靠農作物或調味醬營生這個層面，它們可以說是單一的，就像「只有一招」的刺蝟；但在農作物與調味醬的品項上面，則是多元的，又像「有很多伎倆」的狐狸。

也許，這才是生命的一個理想搭配形式。一個人多才多藝，既是畫家、程式設計師、賽車手、又是食品公司總裁、保護動物聯盟推手，固然表示他「有好幾把刷子」，但很可能每一項都會做得不太好。而一個人若只有寫作這種單一伎倆，但卻會寫小說、詩、政治評論、藝評、電影劇本，那他就比較有可能是個好作家。

輯二——存在與寂寞

量子纏連的青春
屬於我的那個台中一中

（二〇一五年，適逢母校台中一中一百周年校慶，校方向我約稿，我以過去寫的〈量子論理的台中一中〉加上一個〈後記〉交差，作為對母校及我的青春歲月的懷念。）

遠方森林中有一棵樹。在這易於遺忘的夜晚，有誰知道此時，這棵樹究竟是站立還是倒下？是存在還是不再存在？

量子物理學家說，沒有一個人能看到這棵樹的存在本質，因為組成這棵樹的粒子是以站立和倒下的形式同時存在著，當一個探險家闖進森林，無意中張眼凝望這棵樹時，看的動作會使「謝洛丁格波」崩解成一個單一可見的真實：樹的粒子排列成一棵站立的活樹或者倒下的死樹來呈現自身，但只能是其中之一，至於樹究竟是站立或倒下，那要看誰在看、什麼時候看、怎麼看。

我抬眼掃瞄書架，覺得書架上的那些書好像就在剛剛的瞬間，已靜默而急速地調整它們鬆散的粒子，排列成我現在所看到的英武形式。

我想這是可能的。

這不是老敢嗎？昨天在雜誌上看到一篇分析美國外交政策的文章，一看作者署名，心中立刻浮現一個留著三分頭、臉頰油粉、長著青春痘，鼻梁上架著一副深度近視眼鏡，穿著過窄的卡其短褲，走起路來黑色皮鞋夸拉夸拉響的初中生來。

老敢是我的初中同學，想不到現在已是個熟悉美國外交政策的行家，當然有可能是同名同姓，但我想就是他。

事實上，自從初中畢業後，我就沒有看見他，雖然他現在也許是個髮梢泛白、滿臉風霜、小腹微凸，穿著明牌服飾的大學教授，但在我心靈之眼的注視下，他身上的粒子又都再度排列成我所熟悉的形式。

當我腦中負責記憶的粒子崩解成將近半世紀前的排列形式時，我不只看到了老敢，其他同學的身影、台中一中的紅樓、紅樓前那棵開花的鐵樹、光中亭下水池中的蝦蟆、還有皮膚白晰的歷史老師等等，也都跟著一一浮現，成為清晰可見的真實。

老敢其實是他的綽號。自從有一次，他因與校外女生通信而被張貼在布告欄裡，教官所用墨水的粒子排列成「警告兩次」的真實呈現時，我們就這樣稱呼他。當時，我覺得這是好學生做不到的英勇行為，而和他親近了一陣子。老敢就坐在我後面，午飯後的休息時間，我們常聯袂到光中亭下，用削尖的冰棒棍和橡皮筋，去射殺水池中的蝦蟆。中箭的蝦蟆一隻隻翻著白腹浮出水面，漂進我現在的腦海中。

少年時代的酷虐，今日想來依然感到心驚。那些早已灰飛煙滅的蝦蟆，彷彿倒下的樹又一一站立起來，快樂地潛泳於我的腦海中。預知牠們死亡記事的我，真恨不得推倒時間的籓籬，重回昔日的光中亭下，奪走那行將殺戮之箭，但卻已不得其門而入。

有一天，老敢嚴肅地告訴我，說他彼時人生中最大的幸福並非與校外女生通信，而是上歷史課時，能痴痴地看著歷史老師短裙內乍隱乍現的雪白大腿。然後，好漢剖腹來相見地踢我一腳，說：「我知道那也是你的幸福，你不用否認。你坐在我前面，看得比我清楚，我看到你在看。」

我沉默無語。

其實，當時歷史老師大腿和短裙的粒子有各種排列形式，要如何呈現也是我們不可預期的。但每次上課，班上的同學都像憂鬱的哈姆雷特王子，忍不住喃喃問道：「to be or not to be?」也許，在大多數情況下，老師的裙子和大腿是緊密地組合在一起的，但在我們青春的注目裡，卻總是排列成讓我們感到幸福的形式。即使時至今日。

無端地想起這些。但說來也是奇怪，自從四十年前走出台中一中校門，我就沒有再進去過。雖然其間曾多次路過，甚至已走到育才街口，但總是不想進去。我想，不是我無情，而是我知道她已改變很多，我不想讓屬於我的「那個台中一中」，在我肉眼的再度觀照下，無情地崩解，消融於亮麗的陽光中。

所謂「真實」，只存在於我們肉體之眼的觀看或心靈之眼的回顧中。有些真實，我希望它們能以不變之姿長存在我的心靈中。

【後記】

從寫完這篇文章到目前，我已踏進台中一中的校門三次，都是應邀演講。雖然來去匆匆，但觸目所及，不僅人事全新，景物也已非舊。

紅樓不見了，光中亭失蹤了，敬業樓與麗澤樓間塞了一堆陌生的建物，屬於我的「那個台中一中」果然在我眼前無情地崩解……。

但在和老師與學弟們的互動中，我感受到在別的學校沒有的一種氣氛，那不只是親切，我的心彷彿沉浸在某種我熟悉的波動中，而欲隨之起舞。幾經品味，終於了解，那是一百年來走進這所學校的師生，他們的所思所為在相互激盪後所產生的巨大而無形的共振波，也許就是所謂「台中一中的精神」吧！

一九六二年，我走進這個台灣先民的「許諾之地」，在那個共振波裡浮沉了六年，後來雖然離開了，但我並未真的消失，因為就像一滴小水滴溶入大海般，我已被吸進那個龐然的共振波裡，成了波動裡的一個小點。

量子物理學家波姆說，空間和時間都無盡地纏連在一起。人生也許就是在這無盡纏連中的摺疊與拆開過程吧？

我很高興我能重返母校，屬於我的「那個台中一中」雖然已被摺疊進那無盡的纏連中；但站在校園裡，我彷彿看到當年從我身上散落於此的粒子又重新聚攏過來，意欲成形，我的心隨之波動，我用心靈之眼拆開它，看到了那個屬於我們的「永恆的台中一中」。

人生三境界
王國維、尼采、禪師與聖誕老人

我剛讀王國維的《人間詞話》時，對他藉詩詞來表達的「人生三境界」印象最為深刻。他說古今成大事業大學問者，必須經過下面三個境界：

第一境界是「昨夜西風凋碧樹，獨上高樓，望盡天涯路。」一個人在準備踏上人生征途時，登高遠眺，心中充滿對未來的憧憬與期待；但也暗示我們要高瞻遠矚，志向要遠大，還要懂得忍受孤獨。第二境界是「衣帶漸寬終不悔，為伊消得人憔悴。」一在找到可以獻身的理想或目標後，就要有堅定的信念和意志，不畏艱險地為它奮鬥，無怨無悔，絕不半途退縮。第三境界是「眾裡尋他千百度，驀然回首，那人就在燈火闌珊處。」一在四處奔走尋覓，看似功成名就後，才翻然醒悟，自己夢寐以求的東西或幸福，就在當下眼前。

當時我還年輕，屬於他所說的第一境界，覺得他的比喻不僅生動，而且很有道理，很自然地就將它奉為自己生命追尋的圭臬。過了一段時間，又在尼采的《查拉圖斯特拉如是說》裡，讀到他所說的「精神三變」，讓我看到了另一番景象：人生的第一個階段像駱駝，背負著「你當」如何如何的各種傳統規範與責任，溫馴而謙卑地起步，任勞任怨，以堅忍之心橫越無垠的沙漠。第二個階段像獅子，在負重前行的途中，開始孳生懷疑與不滿，於是奮力而勇猛地掙脫一切權威、規範、價值的束縛，為自己創造自由，以「我要」如何如何的自我準則來行事，個人雖然因此而失去傳統的保護和安全感，但卻無所畏懼。第三個階段像嬰兒，由對抗轉為和解、包容，以嬰兒般的純真之心和更神聖的「是」反璞歸真，與外界重建和諧關係，開創人生新局。

讀後，覺得尼采的說法更得我心。因為當時的我在追尋一陣子後，開始想要「做自己」，而最大的障礙就是我必須掙脫過去的一些束縛，也就是想要做一隻為自己創造自由的勇猛的獅子。在這種情況下，很自然地更喜歡尼采的說法，他的「精神三變」成了我人生的新指引，而且也注意到王國維的說法有一個疏漏或不足之處：博學的王國維對尼采應該相當熟悉，卻缺乏尼采那種反抗傳統、睥睨世俗的精神；他雖然留過學，但在辛亥革命後還一直留著辮子，而且還去當遜帝溥儀的「南書房行走」，他對被推翻的滿清一直懷著眷戀之情，正符合他所說的：「衣帶漸寬終不悔，為伊消得人憔悴。」

我個人覺得他對早該被廢除的帝制可能沒有過什麼懷疑、否定；我以為這正是王國維的悲劇所在，也是很多中國傳統知識分子的人生與思維特色，一旦對傳統經典、價值規範產生認同，就之死靡他，一路奉陪到底，而少有質疑、否定的反思。

在五四新文化運動前後，當然也出現過一些想掙脫束縛、張牙舞爪的「獅子」，但他們幾乎是全盤否定過去的一切，而主張要全盤西化，缺乏包容、整合新舊，建立一個更高、更神聖的「是」的胸襟。老實說，我對這些人也不是很喜歡。

多年後，我又在《五燈會元》裡讀到青原惟信禪師對他修行悟道的說法，覺得他用山水做比喻的三階段論，又讓我看到禪味十足的人生三境界：

青原禪師說他在還未參禪前，「看山是山，看水是水」，這相當於人生第一境界，屬於常識境界，也就是對外在的各種現象與規範、價值等，只有表面的直覺性認識，覺得它們說的都對，值得相信、遵行。而在經過師父的指點開示後，「看山不是山，看水不是水」，相當於人生的第二境界：開始穿越表象去認識事物的本質、生命的真諦，對以前的認知產生懷疑，認為它們是虛妄的，並加以否定。在悟道後找到了歇息處，「看山還是山，看水還是水」，則是第三境界，否定的否定帶來了新的肯定，看到的山和水雖然還是山與水，但已非原先認知裡的山和水，而是超越了是與不是，統合外物與內心，獲得更高層次肯定的山與水。

人生的閱歷愈多後，就愈喜歡青原禪師的觀點，他的說法和尼采的精神三變其實頗為類似，都以掙脫束縛、懷疑與否定傳統權威作為第二境界，而以超越、包容、整合為第三境界；但他不像尼采那樣霸氣，而以閒話家常、溫文典雅的方式傳達了同樣的意念，展現的正是中國禪宗的典型辯證法。

我覺得禪宗是中國最具有懷疑、反思精神與強調獨立思考的一個學派，六祖惠能就是最重要的建基者。他在《壇經》裡提出「有與無對、色與空對、動與靜對」的三十六對法，而且強調「若有人問汝義，問有，將無對；問無，將有對；問凡，以聖對；問聖，以凡對。」然後再超越有無、凡聖，達到「是一不是二」的中道境界，就是很好的「正、反、合」思考訓練。但很可惜，惠能的這種思想在中國並沒有獲得應有的重視。

在人生的追尋或領悟中，要得到更高、更神聖的「是」，你必須先否定原來的「是」；而要能否定，則必須先有所懷疑。笛卡爾不只說：「懷疑是智慧的泉源」，他更說：「如果你想成為一個真正的真理尋求者，在你的一生中至少應該有一個時期，要對一切事物都盡量懷疑。」譬如要追求真理，就從懷疑孔子所說的每一句話開始，但在華人世界，有幾個人想到或者敢用這種方法來訓練自己的反思能力呢？

不久前，看到一句俏皮話：「人的一生可以分為三個階段，一是相信聖誕老人，二是不相信聖誕老人，三是成為聖誕老人。」看似詼諧，但在仔細反思後，卻發現它其實就是庶民版的尼采跟青原惟信禪師所說的生命境界。

而我呢，覺得自己正是這一段俏皮話的最佳注腳：小時候相信真有聖誕老人，一聽到〈Jingle Bells〉就為之神往，期待聖誕老人能在我入睡後，將禮物送到枕頭邊。但在長大後，覺得聖誕老人不過是哄小孩的虛假童話，還去分析它背後的心理意涵。但現在呢，發現自己經常送一些小禮物給認識的小朋友，說些有意思的故事給大人聽，在不知不覺間竟然已經愈來愈像個聖誕老人了！

知識人的鄉愁
在三一學院遇見牛頓和拜倫

女兒在芝加哥大學得到博士學位（歷史）後，轉移陣地，到英國劍橋大學的莫德霖學院做博士後研究，我們夫妻利用這個機會專程去探望她，在劍橋大學裡裡外外勾留了幾天。雖然是蜻蜓點水，但也了卻了我從學生時代就有的一個模糊心願。

我剛進台大時，想要當一個知識分子，而買了好幾本自以為跟這個角色相關的書來看，其中有一本就是《羅素回憶集》。我從書裡讀到羅素對劍橋大學的回憶：「除去一點瘋狂和懶散，劍橋真是個好地方，在那兒心靈可以獲得獨立，永不受阻撓。」而且提到他周遭的師長與同學多為才華洋溢的精英分子：「能與他們生存在同一時代，有機會同躋一堂，真使我高興。」

我看了心有戚戚焉，因為那彷彿就是當年「初生之犢」的我對台大的感覺或者說懷抱的夢想。一兩年後，再讀陳之藩的《劍河倒影》，看到一個華人學者眼中的劍橋和他心中的感歎，拿來和日漸熟悉的台大稍做對照，覺得劍橋似乎成了西天的一朵美麗雲彩，雖然讓我心嚮往之，卻已是可望而不可及。

想不到在過了「耳順之年」，托女兒的福，自己居然美夢成真，來到了年輕時代所嚮往的知識殿堂。

除了女兒所在的莫德霖學院外，我們最先參觀的當然就是當年羅素就讀，也是劍橋大學最有名的三一學院。學院正門上方有著精緻的雕刻，訴說它輝煌的歷史。但最引人注目的也許是入口右側的小花園裡，那棵青翠的蘋果樹。女兒說那是從牛頓的故鄉移植過來的，她在劍橋兩年，曾見過它開花結果，但似乎沒有人坐到樹下，想被掉下來的蘋果擊中。

牛頓當年也是在三一學院就讀和做研究，在學院入口處種一棵蘋果樹，想來是為了呼應牛頓被蘋果擊中而發現萬有引力的傳說。雖然只是傳說，但能千里迢迢、煞有介事地將蘋果樹移過來，讓我感覺在嚴肅的用心中，更有著活潑的玩心。

進了學院，寬闊的中庭綠草如茵，中間有一座古色古香的噴泉，看來已不再噴泉。女兒說拜倫曾跑到裡面洗澡，當然也只是傳說，但的確也是他可能做的事。牛頓和拜倫，一個物理學家和一個詩人，兩個截然不同的靈魂竟然同是三一學院的高材生。

在三一學院教堂的前廳裡，豎立著牛頓、培根、丁尼生等傑出畢業生的雕像，哲學家羅素在這裡只能算「小咖」的。看了資料才曉得，在二十世紀，三一學院共獲得了三十二個諾貝爾獎。為什麼單單一個學院就能培養出從物理學家、哲學家到詩人的各色人才，而且表現傑出？

我想，除了劍橋大學本身底蘊深厚，能吸引來自英國及世界各地的菁英外，特殊的學院制（經女兒解說，我才更清楚）更起了推波助瀾的作用。

劍橋大學現有三十幾個學院，各自獨立，但它們不像台灣的文學院、工學院等以學科來劃分，而是由來自不同科系的大學生、研究生、教師混編而成，學院裡有教堂、餐廳、教授研究室、學生宿舍等，更像是老師和學生共同生活的場所。

用餐與喝茶（晚餐需穿正式黑袍）是大家交換意見的美好時光，從學術到八卦，無所不談。因為「生物複製」的先驅性研究而獲得二〇一二年諾貝爾醫學暨生理學獎的約翰．格登也在莫德霖學院，女兒告訴我，有一次用餐，發現坐在她旁邊的就是這位大師，讓她既驚訝又興奮。後來有兩三次也跟他一起吃飯聊天，我想，當「歷史」遇到「生物」，不僅可以談得很愉快，應該也會很有趣吧？

這個也正是陳之藩在《劍河倒影》裡所說的「教授與學生混合，喝茶與講道混合，吃飯與聊天混合，天南的系與地北的系混合，東方的書與西方的書混合」，在相互激盪下，很可能就會迸出意想不到的靈感和創意。

反觀台灣的大學，不同的學院之間不僅涇渭分明，而且似乎還有意加以區隔。我醫學系一、二年級雖在台大校總區上課，卻沒有跟其他學院的人上過一堂共同科目；連宿舍也都被安排跟醫、農、理、工學院（也就是「自然組」）的同學住一起。我實在搞不懂，為什麼醫學院的學生就不能和文學院的住在一起，更不要說老師和學生一起用餐、聊天了。

三年級後改在醫學院上課，跟當時的法商學院雖然只隔著徐州路，但兩個學院的人幾乎可說是「老死不相往來」。我是因為加入當時的台大校刊「大學新聞社」，才結識一些其他學院的朋友，除了搖筆桿以文會友外，更經常在學生活動中心、大王椰下、咖啡屋、路邊攤高談闊論，互相揶揄也互相砥礪，激發並檢驗彼此的夢想。

就是這些來自不同學院的同學，大大開拓了我的心靈視野，而且成了到現在依然經常聚會的終生摯友。如果沒有參加社團，和這些同學交流互動，我的大學生活將只剩下平淡與庸俗。

離開劍橋的前一天，我們搭船去遊劍河（康河）。水光瀲灩晴方好，春色空濛景亦奇，女婿撐著篙，女兒則沿途為我們指點江山，三一學院、聖約翰學院、國王學院、克萊爾學院、數學橋、嘆息橋……從眼前一一滑過，我探頭望進那清淨的河面，看到自己模糊的容顏，無端興起一股模糊的鄉愁。

良久才曉得，那是一種很久很久以前，想要在一所「理想大學」裡做一名「知識分子」的「鄉愁」。

追尋之眞諦

革命尚未成功，同志仍須努力

以前讀書時，教室的牆上都高掛著孫中山遺像，上面寫著他的遺囑：「革命尚未成功，同志仍須努力。」當時覺得孫中山實在不幸，畢生努力的目標還未完成就死了，留下不少遺憾；但在有了見識以後，卻開始覺得他其實是幸福的，因為如果讓他看到「革命成功」之後的各種亂象，那他可能會大搖其頭，而更加遺憾、更加痛苦。

這讓我想起下面這個看似戲謔但卻另有深意的故事：

某大官去參觀一家瘋人院，院長帶他四處看看。來到一個房間前，看到鐵欄裡的瘋子是一名中年男子，兩眼無神，喃喃自語，還不時用雙手猛捶自己的胸部。大官問：「這個人怎麼啦？」院長回答：「這個人因為得不到他所愛的女人，深受打擊，所以發瘋了。」

來到隔壁房間，鐵欄裡關的是一名年紀也差不多的男子，一臉茫然，不停在牢籠裡繞圈子，語無倫次，一再用雙手去扯自己的頭髮。大官問：「這個人又怎麼啦？」院長回答：「喔，他得到了剛剛那位得不到的女人，娶了她做妻子，但卻發現跟他原先想像的很不一樣，深受打擊，所以也發瘋了。」

得到跟得不到所愛的女人都發瘋了，這是在嘲諷愛情嗎？其實不是，它讓我想起劇作家王爾德所說的一句名言：「人生有兩種悲劇：一是得不到你想要的東西，一是得到你想要的東西。」上面那個故事很可能就是根據王爾德的話演繹出來的，但讓人更容易理解：得不到你想要的東西，固然讓人失落；但得到了卻發現沒有原先想像的那樣美好，也同樣讓人失落。這就是王爾德所說的「兩種悲劇」。

我們從小就被告知，人生一定要有個目標。但不管我人生的目標或想望是什麼，不是成功就是失敗，不是得到就是得不到，結果卻同樣是悲劇，這不是在對人生潑冷水嗎？王爾德雖然喜歡說反話，但看多了就了解，他的反話通常要從另一個角度去思考：得到或得不到想要的東西，這兩種情況有個共通點，就是當事者都已經不再追求、不再期盼。所以，真正的悲劇，真正的失落，是停止追求、沒有期盼、不再有目標，讓生命失去了動力。

英國有一位有名的登山家斯爾曼，他在十九歲時，就登上了世界最高峰珠穆朗瑪峰；二十一歲時，登上了歐洲最高峰阿爾卑斯山；二十二歲時，登上了非洲最高峰吉力馬札羅山；在二十八歲前，已征服了世界上所有著名的高山。但他卻是個殘障者，一條腿患了慢性肌肉萎縮症，走起路來都有點困難，他之所以能一次又一次完成令人矚目的壯舉，靠的是堅強的毅力和信念，而支撐他的則是父母留給他的遺願。

原來斯爾曼的父母都很喜歡爬山，但在他十一歲時，他們卻在攀登吉力馬札羅山時，不幸遭遇雪崩而雙雙遇難。父母在出發前，預留了一份遺囑，說萬一他們遭遇不幸，希望兒子能跟他們一樣，攀登上世界著名的高山。父母的這份遺囑或心願成了斯爾曼人生奮鬥的目標，激勵他一座又一座去登上世界著名的高山。

但就在他完成目標的那年秋天，他卻在寓所裡自殺了。在自殺現場，留下一份遺書：「這些年來，身為一個殘疾人創造了那麼多征服世界著名高山的壯舉，都是父母的遺囑給了我人生的一種信念。現在，在我攀登完那些高山之後，我覺得無事可做了。」

無法完成目標，得不到你想要的東西，那種失落和痛苦，大家都知道；但完成艱難的目標，得到想要的所有東西，同樣讓人失落，有人將它稱為「成就後的憂鬱」，因為失去了奮鬥的目標，反而讓人的情緒陷入低潮，這其實也就是經常被忽略的、王爾德所說的「第二種悲劇」。

不管得到或得不到想要的東西，真正的悲劇都在於放棄目標或者不再有目標、不再期盼、不想再努力、不想再追求。要避免悲劇的發生，就是在目標尚未達到時不要放棄追求，而在完成既定的目標後，又要想出新的目標，讓自己繼續展開新的追求，在新的期盼中，繼續新的努力。

說到這裡，就讓我想起《易經》六十四卦裡的最後兩個卦：「既濟卦」與「未濟卦」。「濟」是成功之意，所以，第六十三卦「既濟卦」表示已經成功，而第六十四卦「未濟卦」則表示尚未成功。多數人都渴望理想的人生是要有個圓滿的結局，那為什麼在《易經》裡，代表圓滿成功的「既濟卦」卻沒有被放在最後，反而是以尚未成功的「未濟卦」做結局呢？

這種安排其實是在反映古人的智慧。所謂「生生之謂易」，不管人生或萬事萬物都是生生不息、無窮演進的，在成功達到一個階段性目標（既濟）後，不能停下來，而應該「進入另一個循環」，產生新的、尚未完成目標，然後再回到第一卦（乾卦），開始另一輪的追求。

《易經》同樣在告訴我們：人生真正的幸福、最大的樂趣，不是已經成功或停留在成功中（既濟），而是要一個目標接一個目標，在還不知道能得到或得不到的追求與期盼過程中（未濟）。

所以我想，孫中山臨死時說「革命尚未成功，同志仍須努力」，這表示他應該是幸福的。而對一般人來說，去掉「革命」和「同志」，「尚未成功，仍須努力」也是幸福的生命追尋一個很好的指引。

站到邊緣
讓我看到在中心看不到的風景

我們結婚前，妻子沿著上班的公車路線找房子，找到一棟有圍牆、有樹有花的日式老宅院。雖然只是租院子裡的一間獨立小屋，卻是我們甜蜜的新家。後來聽人家說，那裡是有名的名人巷（位於現在仁愛路與忠孝東路間的大安路），是台北市中心的精華地帶。知道了以後，不僅沒有得意之感，反而讓我們住得有點心虛。

在有了小孩，又接父母來同住後，希望能有較大的生活空間，我們先搬到永和，兩年後又在中和的圓通寺附近買房子，定居了下來。中和跟台北的名人巷，當然有中心與邊緣的差別，在逢人問起家住哪裡，看到有些人聽後露出「同情的了解」神情時，心裡覺得不太自在。

我知道他們心裡在想什麼：生命舞台有中心與邊緣之分，能活躍於中心地帶，是成功貴顯的象徵；若只能在邊緣地帶浮沉，則有失敗窮賤的嫌疑；特別是從中心流落到邊緣，似乎就顯得更加不堪。

後來覺得這種「不自在」有點荒謬。在讀到《莊子．天下篇》惠施所說：「我知天下之中央，燕（國）之北，越（國）之南是也。」後，更覺得自己的可笑。惠施會這樣說，目的就是要打破世人對中心與邊緣的僵硬看法。

中心與邊緣的關係是相對的，地球是圓的，每個地方都是中心，但也是另一個地方的邊緣，中和是台北的邊緣，但台北又是紐約的邊緣，地球是太陽系的邊緣，太陽系又在宇宙的邊緣……重要的是自己怎麼想。雖然身處別人眼中的邊緣，但卻可以是自己生活的中心。

「我要盡可能地站到邊緣。因為站在邊緣，可以讓我看到各種站在中間看不到的東西。」小說家馮內果的這句話讓我覺得更加貼心。邊緣就邊緣，有什麼不好？如果不再朝中心看，而是站在邊緣往外看，就可以看到另一種明媚的風光，那是你拚命擠到中心後，永遠無緣欣賞到的。

住在中和，看似流落到邊緣地帶，但卻有著中心沒有的「風光」：因房價較便宜，我們擁有七十多坪、五房的居住空間，有三個房間開窗見山，每天從鳥啼聲中醒來，起個大早還可到圓通寺、樂天宮登山；社區裡有游泳池、健身房、卡拉OK廳等設施，離兒女讀的中學和大學也都不遠，高速公路交流道和大賣場就在附近……。我何必為了讓別人有好「觀感」或「評價」，而辛苦地往中心地帶擠呢？

放大視野來看，人類文明的每個領域也都有中心和邊緣之分。身處中心地帶似乎較能掌握主流的脈動，成為受注目的焦點；但陌生、神祕、未開發的邊緣地帶才是想要開疆拓土的創新者一展身手的好地方。

孔恩在《科學革命的結構》裡特別指出，為每個科學領域帶來重大突破與創新的通常是年輕或從別的領域踏進該學科不久，或是處於「兩個學科交界的邊緣地帶」的人士，譬如克利克在（與華森）發現DNA雙螺旋體結構時，還是連博士學位都沒拿到的研究生，他就是一個學界邊緣人。

擁有自己的宗教信仰、歷史文化、風俗習慣，卻經常受到他們所置身的主流社會排擠的猶太人，又代表了另一種邊緣性。而人類文明的各個領域，很多開創性的人物像耶穌、愛因斯坦、佛洛伊德、馬克斯、伯格森、海涅、馬勒、卡夫卡、史匹柏、祖柏克等等都是猶太人，除了聰明、注重學習與思考外，他們的邊緣性應該也是另一個重要的因素。

愛因斯坦就說：「（納粹）認為猶太人是無法被同化的一群人，他們不可能毫無異議地接受任何事情……猶太人威脅到納粹的威權。」這種不屈服於主流威權的性格特質讓猶太人頻頻受到迫害，但也讓他們不人云亦云，而能夠有自己的獨立見解。

佛洛伊德在他的自傳裡也有如下的告白：「只因為我是猶太人，我忍受大學社會對我的排擠，但沒有太多遺憾。我在早年就習慣了站在反對立場，以及受所謂『強硬多數』禁制的命運，因此也建立了某種程度的獨立判斷力。」這種邊緣性使他更加努力，在思考問題時免於成見的束縛，也有勇氣不必顧及壓倒性多數的同意，而提出自己的新創見。

我以前去演講，喜歡說我是人文與科學的邊緣人：學人文的人不會認為我是他們的同類，學科學的人又認為我是他們的異類。但在習慣別人的這種看法後，我也不想再和他們「彈同調」，而開始我行我素：

在《不安的魂魄》一書裡，我用從有機化學和比較解剖學所學到的方法，去拆解中國多如牛毛的鬼故事，探討它們可能的含意；而在《賽琪小姐體內的魔鬼》一書裡，我則從科幻小說、煉金術、法庭訴訟等人文觀點來評論基因工程。我會這樣寫，不只在表現自己的邊緣性、我行我素，更希望讓科學與人文產生對話。

經驗告訴我：邊緣，不管是位置上或心態上的，都是讓我開疆拓土、目睹明媚風光的好所在；如果是處於兩個領域交界的邊緣地帶，那也是產生對話、交流的好地方。對那些還在邊緣地帶悲嘆、徘徊、猶豫的人，我想為你們獻上阿波林奈的一首詩：

到邊緣來

我們不能，我們怕

到邊緣來
我們不能，我們會掉下去
到邊緣來
他們去了，他推他們
而他們，飛了起來

站到邊緣
讓我看到在中心看不到的風景

諸神的黃昏
雅典衛城給我的歷史茫然

希臘是一個充滿神話的國度，雅典衛城是一個由神話據守的聖地。來到雅典，走上衛城，在如織的遊人中，我那散漫的觀光客心情，不知不覺就多了一點朝聖者的肅穆。

衛城裡的古老建築，在我眼前顯得熟悉而又陌生。熟悉，因為它們大體上都是以前在視覺媒體上看過的；陌生，因為它們的具體與斑駁，提醒我對它們要有不同的想像。

衛城的高崗上有一座相當眼熟的艾雷克提歐神殿Erechtheion，供奉智慧女神雅典娜Athena與海神波塞頓Poseidon。但讓我特別注意到的是神殿下方有一棵橄欖樹，它是一則希臘神話的見證者：

當人類要在愛琴海邊建立一座新城時，雅典娜和波塞頓都想成為新城的守護神，兩人互不相讓，天神宙斯最後裁定，誰能給人類一件最有用的東西，就將該城歸誰守護。

海神波塞頓用三叉戟敲敲岩石，從中跑出一匹象徵戰爭的戰馬；而智慧女神雅典娜用長矛一擊，從石縫裡迅速長出一棵果實纍纍的橄欖樹。橄欖樹象徵和平與豐收，人類大聲歡呼，因為這正是他們想要的。

於是，雅典娜就成為新城的保護神，人們也用她的名字將新城命名為雅典Athens。艾雷克提歐神殿下方的那棵橄欖樹，據說就是當年雅典娜長矛一揮，從石縫裡迸出來的。雖然只是神話，但卻提醒後人，人類真正渴望和需要的是什麼。

艾雷克提歐神殿最引人注目的應該是南側門廊上的六根少女廊柱，她們被稱為卡利亞特德Caryatids柱像。在建築師巧妙的設計下，六名造型不一的大理石雕少女用她們頭上的花籃頂起千萬斤重的神殿殿頂，卻依然能長裙飄逸、婀娜多姿，的確是巧奪天工。

但六位少女亭亭玉立於此，並非要接受尊崇，而是被懲罰——因為她們的家鄉卡利亞Caryae是希臘的一個城邦，卻在希臘與波斯戰爭期間，選擇支持波斯人，所以她們被罰必須永遠站立，並好生頂住神殿，為卡利亞的背叛希臘表達永恆的懺悔。

真是一個令人感傷的傳說。但更令我傷感的其實是：當年背叛希臘的是男人，為什麼要由女人來「頂罪」，而且到現在依然「乖乖站立，好生頂住」？也許這些柱像要用來提醒男人對女人所曾犯下的「歷史共業」，並應該為此表示「永恆的懺悔」吧？

當然，位於衛城中心地帶的Parthenon才是主角，它現在多被稱為巴特農神殿，但我更喜歡以前帕德嫩神殿的稱呼，因為它供奉的正是守護雅典的雅典娜女神。帕德嫩（巴特農）神殿建於西元前五世紀，由四十六根十多公尺高的多利克式圓柱圍繞而成，當年的宏偉、華麗與盛況，被認為是古典建築的典範，更被譽為是「人類文化的最高表徵」。

但現在，親臨雅典衛城，近距離逼視，才發現它其實只剩下一個空殼，而且還非常殘破。看著幾部大型起重機盤踞在原本矗立著雅典娜女神雕像的神殿裡，有一搭沒一搭地搬弄東倒西歪的大理石塊，讓我在五味雜陳中感到一種歷史的茫然。

神話與神殿都來自人的創造，但它們的意義也因人而異，特別是對信奉不同神祇的人來說，你的神往往就是我眼中的魔鬼。當我來時，你的神殿可以留下來，但裡面供奉的則必須是我的神。

帕德嫩神殿在羅馬時代被改為基督教的教堂，拜占庭時代又成為聖母瑪麗亞教堂，鄂圖曼帝國統治期間，則變成了清真寺。一六八七年，威尼斯人攻打雅典，土耳其人將神殿當作臨時的火藥庫，不幸被威尼斯人的砲火擊中，火藥庫爆炸，整座神殿被炸得慘不忍睹，只剩下幾根石柱，裡面的雕刻與藝術品被洗劫一空，最後「流落」到大英博物館與巴黎羅浮宮等地，跟圓明園的遭遇有點「殊途同歸」。艱鉅而浩大的修復工程從一九七五年就展開，但到今天，依然還在「施工中」。即使用神話和歷史的尺度來衡量，似乎也顯得很「緩慢」。

站在衛城的高崗上俯瞰，可以看到左下方有兩座劇場。阿迪庫斯露天劇場在整修後已恢復生機，二〇〇五年「雅典藝術節」時，在希臘的星空下，來自台灣的雲門舞集曾於此表演林懷民編舞的《流浪者之歌》。

另一座以酒神為名的戴奧尼索斯劇場則像帕德嫩神殿一樣殘破，想起希臘神話裡戴奧尼索斯的那種酩酊狂態，而如今卻成了落難的神祇，只能靜靜躺在那裡，默默等待修復，讓人覺得有點不忍。

當我們走下充滿神話與歷史的衛城，走進喧鬧雜亂的市集時，聽到一名希臘中年男子站在商攤邊，用華語對我們吆喝：「很便宜！一塊錢！很便宜！」忽然想起希臘如今已是一個充滿債務的國家，大概只有像我這樣有特殊品味的異國觀光客，才會眷戀那些遙遠的神話和神祇吧？

回望高崗上的衛城，歷史與文化的茫然再度湧上心頭。智慧女神雅典娜不只是雅典的守護神，也是航海人的守護神，她其實就是「希臘的媽祖」。心裡忽然靈光一閃：如果我回台灣後，能把媽祖林默娘視為「台灣的雅典娜」，那應該會有不同的領悟吧？而這也許才是我需要的「智慧」吧？

存在與寂寞
少棒賽與海邊老人教我的事

大學中後期，我都自己一個人在校外租房子住，記得是民國六十年的暑假期間，同學朋友們都回家了，我還賴在台北，自個兒整天俯仰於斗室間，在孤獨中頗感寂寞。

那時候正是少棒流行期間，每年夏天，台灣的少棒隊都會到美國的威廉波特去打國際賽，因為時差關係，很多人都半夜起來看球賽。原本對棒球沒啥興趣的我，有一天深夜，也許是因為覺得無聊吧，就一個人離開斗室，想去吃點東西，順便看看球賽。

走到巷弄的轉角處，原本早就應該關門的冰果室居然燈火通明，裡面已經坐了不少客人，大家盯著牆上的電視，主持人正在做賽前的熱身轉播。我進去點了一杯飲料，在一群陌生人中找個位置坐了下來，一邊看電視，一邊聽旁人拉拉雜雜的交談。正式開打後，大家的情緒就隨著賽事的進行而變得愈來愈激昂，一下子為中華隊的表現拍手歡呼，一下子又頓腳嘆息，一群原本不認識的人開始熱絡地交談，發表評論。

記得那一次的比賽非常緊張，台南巨人隊和美國隊打到第六局結束時戰成平手，直到延長賽的第九局，巨人隊才因對方失誤連連而一舉攻下很多分，重登世界少棒冠軍的寶座。在比賽結束的當下，冰果室裡的看客都興奮地站起來鼓掌，激昂忘情大叫：「我們贏了！」然後互相敬菸，交織溫暖的眼神，甚至勾肩搭背起來。很少主動與陌生人攀談的我，也熱情地和一位中年平頭男誇獎巨人隊的投手許金木（我還記得他的綽號叫「二齒」），久久不忍離去。

這是我生命中一次特殊而美好的經驗。特殊，因為一向獨來獨往的我，很少像當晚那樣主動加入一群陌生人中，共同參與某件事（一起觀看棒球賽）；美好，因為在和陌生人打成一片、熱絡交談中，我忽然覺得非常溫暖，再也沒有原先的孤寂感。

以前，我也曾經因自覺孤單寂寞，而忍不住往人多的地方跑，譬如到西門町去遊蕩，到彈子房看人撞球，但最後卻總是怏怏而返。在回到斗室後，面對的只是更加寂寞的自己。那晚和大家觀看少棒賽，教給我一件事：我會覺得它難忘而美好，因為我和那群陌生人在觀賽的過程中萌生了一體感，有相當多的情感交流與共鳴，我和他們不只共同存在，而且還共享存在，讓我寂寞的心靈得到了撫慰。

寂寞和孤獨不同。孤獨是一種物理狀態，指孤孤單單的一個人；而寂寞則是一種心理狀態，指無所歸屬、空虛、無依無靠、不被了解、被棄、沒人愛的感覺。一個孤獨的人並不見得會感到寂寞，置身於熱鬧的人群中，卻反而讓人更覺寂寞，因為他無所歸屬，只和人群共同存在，卻沒有共享存在。這也是我在大學中期常有的情況。

我在結婚生子，接父母來同住，回歸家庭生活後，共同存在和共享存在的人都變多了，孤獨的時刻和寂寞的感覺也因而變少了。但只要自覺是個獨立的意識體，還是會有想要孤獨、寂寞來襲的時刻。

生活較為安定後，我們在萬里的翡翠灣買了一間海景小屋，一家六口經常到海邊戲水、捉螃蟹。但我也喜歡在黃昏時刻，自己一個人到沙灘散步，看看海、想想事情。就在獨自到沙灘散步時，有好幾次和一位踽踽獨行的老人不期而遇，落日將他孤單的影子拉得好長好長，看起來顯得特別落寞。

我們由相視、點頭而相談，交談後才知道他就住在附近的龜吼漁村，雖然識字不多，卻認識附近海域中三十幾種魚和十來種螃蟹，而且熟知牠們的身世與習性。他告訴我，有一條魟魚從去年開始就經常在這個時刻，會迴遊到前方的小水灣；而在更遠處錯綜的石縫裡，則躲著一隻從他手裡脫逃的大紅蟹。然後有點神祕地告訴我，他知道那隻大紅蟹還藏身在那裡，而且聽到他的腳步聲靠近，就會舉起兩隻大螯，緊張得冒泡。

我很有興味地聽著老人半是真實半是想像的訴說，在落日的餘暉中，他暗銅色的臉上充滿安詳的笑意。我想，認為他寂寞是我誤解了他，他其實不知道什麼叫作寂寞。

海邊的這位老人不只教我關於大海的很多知識，而且還教導我：如果我覺得寂寞，那是因為我對海中的魚、天上的星辰認識得不夠多。和我共同存在而且能共享存在的並非只有人，海中的魚、天上的星辰、路邊的石頭、山中的樹與花，也都默默地和我共同存在，而且只要我去親近它們，了解它們，那麼就無一不是可以和我作伴，與我共享存在的好對象。

陳子昂在登幽州臺時，「前不見古人，後不見來者，念天地之悠悠，獨愴然而淚下」。這是他寂寞的心聲，因為他與周遭的一切缺乏存在的共享。而如同隱居於「無何有之鄉，廣漠之野」的莊子，雖然孤獨，卻一點也不寂寞，因為他自覺「天地與我並生，萬物與我為一」。

歷經人世滄桑和宦海浮沉的王維，在歸隱山林後，寫了很多讓人傳頌的詩篇，像「獨坐幽篁裡，彈琴復長嘯；深林人不知，明月來相照」、「興來每獨往，勝事空自知；行到水窮處，坐看雲起時」也都是我所喜愛的。

在這些詩裡，王維都單獨存在，但為什麼一點也看不出他有什麼空虛、寂寞，反而給人安祥、超脫、圓滿的美感？因為「來相照的明月」、還有「站起來的雲」，都成了比人更可親、更能共享存在的知心朋友。

宋朝時，隱居於西湖孤山的林逋，在屋旁種了梅樹、養了幾隻鶴，天天相伴，而且還將梅樹（花）視為妻子，把幾隻鶴當作子女，關愛他們就跟關愛自己最親密的人一樣，那就是更發人深省、也更讓人心嚮往之的共享存在了。這樣的林逋，怎麼會感到寂寞呢？

我因而理解，要免於寂寞，就要有共享存在的對象。這個對象不只是我的家人、朋友，還有形形色色的陌生人，更包括天上的雲、路邊的樹、海中的魚等等。因為存在的共享，而讓我孤單的心靈找到了歸屬感。

簡單就是美
吾輩用功只求日減，不求日增

幾年前，兒子送我一台iPad；後來，我又自己買了一支iPhone 6S，我可以說是蘋果產品的愛用者。蘋果產品為什麼會廣受歡迎？除了功能不斷推陳出新外，人性化的設計也是原因之一。但什麼叫做「人性化」呢？我以為就是「簡單而優雅」，或者說簡單的優雅、優雅的簡單。

不管是外觀或操作方式，蘋果產品都是簡單而優雅的。在這個高科技的時代，人們的心靈渴望的是高感觸，而蘋果產品多少滿足了大家這方面的需求，因為它觸動了我們渴望簡單而優雅的心靈。這種簡單而優雅，其實就是蘋果CEO賈伯斯生活的寫照。他說：「簡單比複雜更難，你必須很努力，才能讓你的思想變得清晰而單純，但到頭來，這一切都值得，因為你一旦實現了目標，就可以撼動大山。」

如何讓思想變得清晰而單純？靠的就是簡單而優雅的生活。除了大家在媒體上看過的簡單穿著：T恤、牛仔褲、運動鞋外，賈伯斯還是個素食主義者，但他不吃「豐盛的素食」，只吃穀類麵包和少數幾種蔬菜、水果，還常常施行禁食。他二十七歲就躋身億萬富翁之列，一位知名攝影師到他家拍照，發現他家裡的陳設非常簡單，幾乎沒有什麼家具。賈伯斯輕鬆地說：「我所需要的也就是一杯茶、一盞燈和一個音樂播放器而已。」

賈伯斯的物質欲望很低，但也因此而得到精神上的自由，使他的思考變得專注、清晰與單純。這樣的生活方式與經驗，讓我想起《紅樓夢》裡的一句箴言：「紅塵滾滾，奈何不了一往情深。人欲橫流，唯簡單篤定不亂一心。」想要在人欲橫流的滾滾紅塵中保持安穩、寧靜，就需要簡單；只有簡單的生活和心思才能讓人清楚、明確、篤定，對人或事一往情深（專注）。

簡單，不只是一種生活哲學、商品哲學，它還有更深的意涵。

用來描述宇宙或自然奧祕的物理公式都是非常簡單的，譬如$E = mc^2$，當然，這種簡單並不是擺在光天化日下，讓大家看得一清二楚，而是經過聰明人的複雜演算才得到的。

現在大家都用得到的手電筒是賀伯特發明的，他原本是在賣電子花盆：一叢漂亮的花朵裝著五顏六色的小燈泡，只要按花盆裡電池的按鈕，美麗的花朵就會發光。但因為構造複雜、售價昂貴，銷路並不好。某天，有點惱火的他將電子花盆五馬分屍，只留下電池、一個燈泡和按鈕，用個圓筒將它們捲連在一起，就成了具有照明效果的裝置。將複雜化為簡單的賀伯特，不僅發明了手電筒造福人群，而且搖身一變成為富豪。

簡單，讓人輕鬆，也讓人看得更清楚。

美國普萊茅斯州立大學的海特校長，在一次畢業典禮中，只用三句話期勉畢業生：「一、認識自己——蘇格拉底；二、控制自己——西塞羅；三、奉獻自己——耶穌基督。」這可能是歷史上最簡短的畢業典禮演講。人生可期，但千言萬語，不外這三點。言簡意賅，讓人永遠記得，也永遠感謝。

艾略特的《荒原》是我喜歡的一首長詩，初稿長達一千行，當他將它交給摯友龐德過目時，龐德毫不留情地剔除掉冗長的修辭、重複的意象、不必要的賣弄，使得最後的篇幅只剩下原來的一半。但也正因為有這種刪除，才讓《荒原》能更精鍊、更敏銳、更清晰地傳達艾略特想要傳達的意念，而成為二十世紀最重要的不朽傑作之一。

愛爾蘭劇作家蕭伯納也遇到類似的情況。他有一個劇本在英國和德國同時上演，德國的反應比英國好。他還因此以為這表示德國觀眾比英國觀眾來得睿智，但他不知道那是因為該劇在德國上演時，導演基於時間與效果考量，毫不留情地把劇本中的冗言贅語都刪掉了，而讓觀眾在觀賞時得到最佳的體驗。

這些多少應驗了莎士比亞所說的：「簡潔是智慧的靈魂，冗長是膚淺的藻飾。」想要達到簡單，最重要的步驟就是在生活各層面刪除掉不必要的部分，也就是王陽明所說的：「吾輩用功只求日減，不求日增。」這個「日減」就是刪除不必要的藻飾或累贅，不僅是修身養性所必需，也是創意思考所必要。

我愈來愈嚮往能簡單生活，但不是要搬到鄉下或山裡，過自力更生、安貧樂道的生活，而是盡量減少對物質和數量的依賴，減少不必要的社交、束縛和負擔，讓我有更多時間和自由去思考、感受、體驗生活和周遭的形形色色，讓意識能更專注於我感興趣的少數事物上頭。

這也是我重讀梭羅的《湖濱散記》所得到的新啟示：以前認為他到森林裡過隱士般的生活，用意是想逃離人群；但現在才體會他是想「把一切不屬於生活的內容剔除得乾乾淨淨，把生活逼到絕處，簡化成最基本的形式，簡單，簡單，再簡單」。被他剔除的不只是多餘的物質、口腹之欲，還有不必要的人際關係、名位等等。多數人都會因這種簡單而感到空虛、貧乏、無聊，但梭羅卻反而因此而有了充實、豐富、趣味盎然的生活，他大可利用多出來的時間和心力去欣賞大自然的美景，去和周遭的動物、植物、還有自己對話。

要剔除掉不必要的東西，並不一定要搬到荒郊野外。我雖住在鬧市，但現在經常整天足不出戶，不看報紙和電視，在少跟外界連繫後，自然也沒人會打電話或寫信來，而我也樂得清閒，正可以心無旁騖地做自己想做的事。然後隔個幾天，就和妻子開車外出，欣賞大自然的美景，看看動物和植物，同樣是一種簡單而趣味盎然的生活。

簡單，最怕流於單調，變成沉悶、無聊。生活要有變化，簡單的變化，燈下看書、YouTube看戲、陽台種菜、溪邊賞花、山中品茗、涼亭假寐。從簡單的變化裡，得到各種簡單的快樂。

簡單，更怕過了頭，不必要的精緻、不必要的多、不必要的大、不必要的高，固然是多餘；但不必要的粗糙、不必要的短、不必要的小，同樣是多餘——對自然多餘的介入。《莊子．駢拇篇》：「鳧脛雖短，續之則憂；鶴脛雖長，斷之則悲。」真正的簡單是符合自然，不失性命之情。

有些簡約主義，特別是藝術的極簡主義，強調對事物初始原形與本質的追求，而在造型、用色、修辭、音節方面都力求簡單，譬如繪畫作品只剩下幾何形狀與黑白兩色，但我以為這遠非事物的原貌與性命之情，而是對自然刻意、多餘與誇張的扭曲，更像梭羅所言：「生活中一切的極簡主義，多少都沾染了奢靡的氣息。」

我嚮往與欣賞的是「不失性命之情」的簡單。簡單做人，簡單生活。簡單就是一種美，不是要供人欣賞，而是自得其樂的一種美。

三面夏娃四面佛
且把人生看作一部《西遊記》

大學時代有一個唸哲學系的朋友，喜歡邏輯思考和自我分析，他曾經向我們說明他的戀愛經驗是：「有一個『我』喜歡A女孩，但另一個『我』卻喜歡B女孩，兩個『我』發生了齟齬。後來，又有另一個『我』想要腳踏兩條船；最後，出現第四個『我』，決定說服前三個『我』，放棄B女孩，全心全意去愛A女孩。」

聽起來好像在上什麼邏輯課，但後來想想，卻也是剖析與認識自己的一個生動例子。每個人其實都有好幾個「我」，遇到事情時就彼此在心中較量、拉扯，而讓我們感到矛盾、衝突。

精神分析大師佛洛伊德認為，我們每個人都有三個「我」：「原我」以滿足本能欲望的需求為目的，它依快樂原則來行事，就好比我們心中的魔鬼；「超我」是由教養與社會規範所形成的高尚成分，它依道德原則來行事，就像我們心中的天使；「自我」則是日常生活的應對者，它審時度勢，依現實原則來行事，就像我們心中的凡人。

多數人雖然都只是凡人，但心中其實也都各有魔鬼與天使。在很多面臨抉擇的關鍵時刻，自我、原我、超我這三個「我」都會在心中彼此較量、互相拉扯、產生衝突，而讓我們的心神不得安寧。

女性心理學家杭妮則認為，每個人的心中同樣有三個「我」：「真實我」指個人天賦潛能中，真正可以成長、發展達到的地步；「現實我」指個人的實際面貌，也就是在某時某地表現出來的綜合狀況；「理想我」指個人為了滿足心理需求，所虛構的脫離現實、完美的意象。

這三個「我」在每個人心中所占的比例不同，當「理想我」和「真實我」的差距太大時，就會讓人感到失望、挫折、自尊受損。

一個人到底有幾個「我」，專家說法雖然不同，但都在表示，沒有人是一條腸子通到底的，我們每個人都非常複雜，內心有很多矛盾和衝突，嚴重的還會產生心理疾病。

有一部很有名的電影《三面夏娃》，就是在說美國南方一名女子因心理困擾而去看精神科醫師，結果發現（經過催眠）她是個多重人格患者，除了大家平常所認識的那個「家庭主婦」外，還有另外兩個「我」：一個獨立世故的淑女和一個狂野放蕩的浪女；她的心理困擾就來自這三個「我」的衝突。

有些高明的小說家還會以小說中性格鮮明的不同人物來象徵人們心中「不同的我」，這些人物在小說中的衝突其實就代表讀者心中幾個不同的「我」的衝突，所以讓人讀來覺得深獲我心。

《西遊記》就是一個很好的例子，依上面佛洛伊德的說法，我們很容易看出來，故事中的豬八戒好吃懶做，看到美女就蠢蠢欲動，他代表的正是耽溺於快樂的「原我」；心存善念，慈悲為懷，連妖魔都想原諒的唐三藏，他代表的就是講求道德的「超我」；而神通廣大，一路斬除妖魔的孫悟空，代表的則是重視現實的「自我」。

唐三藏、孫悟空、豬八戒在西天取經路上所發生的齟齬，就好像我們生命追尋過程中內心三個「我」的衝突。這的確可以帶來不少啟發，但卻漏掉了沙悟淨，難免讓人遺憾。我以前認為讀小說又不是什麼「科學活動」，實在不必太一板一眼，後來慢慢覺得沙悟淨的存在一定有他的道理，最後才忽然醒悟：沙悟淨代表的其實是西方文化不太注重、但在中華文化裡卻非常重要的另一個「我」——無我。

《西遊記》裡的沙悟淨雖然也功夫了得，但卻不會強出頭；他不忮不求，逆來順受，無爭無害；一路挑著笨重的行李，卻欣然承擔、從未抱怨；當唐三藏、孫悟空、豬八戒三個人吵翻天時，他只是沉默地晾在一邊，就像一個模糊而無名的存在。

總之，跟其他三個人或三個「我」比起來，沙悟淨可以說是最淡泊、最無為的，也就是相當接近莊子所說的「無我」。我們只有將這個依淡泊原則來行事的「無我」納進來，讓生命的追尋成為原我、超我、自我、無我，或者說快樂、道德、現實、淡泊間的衝突與妥協，在華人世界裡，才是一個比較完整的生命圖像。

這四個不同的「我」，就好比我們心中的「四面佛」，雖然各有各注目的方向，但並不均等，它們的比重顯然也會因人因時因地而異。有的人終其一生看起來就像個豬八戒，因為他的「原我」一直占有很高的比重；而有的人則讓人想到唐三藏，因為他的「超我」一直很強烈。

但人生並非小說，在現實的人生裡，並沒有真正的（純種的）唐三藏、豬八戒、孫悟空或沙悟淨，每個人的人生都是一個不斷衝突與妥協的過程，四個「我」雖然互別苗頭，但也都各有戲分，只是有時當主角，有時當配角，或者唐三藏加上一點沙悟淨、孫悟空加上一點豬八戒而已。

就我的人生來說，以前很長一段時間，都由「自我」領銜演出，希望當個神通廣大、斬妖除魔的孫悟空；但現在，很多事情都看淡了、不想再強出頭，「無我」的戲分愈來愈重，因而也愈來愈欣賞《西遊記》裡的沙悟淨。在對他多一點欣賞後，我對自己、他人和世界的看法也就變得更自在、更寬容。

開拓眼界
從目光如豆到有眼大如天

第一次讀到「山近月遠覺月小，便道此山大於月；若人有眼大如天，還見山高月更闊。」便覺得此詩雖然淺顯，卻有深意。後來知道這是王陽明在十一歲時，父執輩指著窗外明月要他吟詠的即席之作，就更加佩服。小小年紀就有這樣的眼界，難怪他日後會成為復興儒學的一代大師。

我曾經開玩笑地說，以前我的目光狹隘，只有像綠豆般大；後來有了些見識，變得如皇帝豆般大，目光增長了好幾倍，但依然是「目光如豆」！我的眼光（眼界）會影響我對事情的看法，進而影響我的人生，但還好，眼界的大小並非天生，它是可以改變的。

《莊子》裡有個故事：宋國有戶人家善於調製讓手腳不會龜裂的藥膏，家族世代都靠它在河裡漂洗絲絮為業。有個外地來的旅人說願意出百金高價購買藥方，族長召集族人商量後，認為比辛苦工作好多了，於是將藥方賣給旅人。旅人拿著藥方到吳國去遊說吳王，製造藥膏給士兵塗抹手腳，在冬天和越軍進行水戰時，手腳保持靈活，結果大敗越軍，吳王因而封賞他大片土地。

同樣的藥方，有人用它來得到封賞，有人卻只能靠它漂洗絲絮，差別就在眼界。旅人因為行萬里路而見多識廣，有了比鄉民更高遠的眼界，看到了同一藥方在別的地方能發揮更大的功能。要想見多識廣，就要走萬里路。

有「印度比爾．蓋茲」之稱的普雷吉姆，出身於班加羅爾附近的小鎮，中學沒念完就回家種橡膠，但因為遍地紅土，橡膠產量有限。有一天。他到鎮上唯一的圖書館看書，從一本書上讀到紅土可能富含氧化銅，於是雇車載了紅土到幾百公里外的銅礦廠，經檢驗果然富含氧化銅，他於是砍掉橡膠樹，改賣地裡的紅土賺進第一桶金，後來更開了一間銅礦廠。

有一天，他又從電視上看到一則報導：過去四年來平均每周就有一家公司來班加羅爾註冊，這個資訊讓他覺得投資地產大有可為，於是開始以低價蒐購鎮上已被挖得滿目瘡痍的紅土地，幾年後以六百倍的價格售出，然後用這些資金轉而成立前景無限的軟體公司。二〇〇九年，他的維普羅軟體公司已是印度最大的軟體公司，而他也成了印度首富。

「讀萬卷書，行萬里路」是讓人見多識廣、眼界大開的好方法，而讀書又比旅行來得更為簡便，但重要的其實不是書，而是資訊，能以萬種途徑獲得有用的資訊才是關鍵。

但受過太多教育，擁有太多資訊，也經常會讓我們反而看不清最基本的問題。一九五六年，加州聖地牙哥的科特大飯店因為生意興隆，電梯不敷使用，飯店老闆找來幾個建築師，在飯店大廳商量對策。建築師建議飯店歇業半年，在每個樓層打洞，好建造更多部的室內電梯，老闆大感為難。當雙方議論紛紛時，一個在旁拖地的服務生忍不住插嘴：「可不可以將電梯建在戶外？」全世界第一部戶外電梯就是這樣來的，來自一個拖地板服務生單純的眼光。

建築師為什麼沒有想到這點呢？因為他們的腦中裝滿了如何建造戶內電梯的繁瑣

知識，而沒有知識的拖地板服務生心中沒有框框，無遮無礙，反而有更寬廣的眼界，看出了更基本的問題。

每一種資訊和閱歷固然能提供我開展眼界的見解，但其實也塞給我一個個框框，侷限了我的眼界。只有跳出框框，才能無遮無礙，看到或想到經驗無法給我的東西。

摩托羅拉原是美國生產汽車音響的一家小公司，老闆卡爾文在一九三六年到歐洲度假時，目睹希特勒的所作所為，預見戰爭即將來臨。在回到美國後，他就開始思考當戰爭爆發後，會有什麼跟他的行業相關的需要。他發現當時軍方還在沿用一戰時落伍的有線通訊，於是以無線的汽車收音機為基礎，積極研發手持的軍用雙向對講機，結果在二戰全面開打後，摩托羅拉就在無線通訊上搶得了先機，靠著這點而大發利市，並因此而脫胎換骨，成為領先群倫的移動通訊霸主。

想要具備長遠的眼光，看得比別人遠，就要像卡爾文般經常問自己：「依目前的情勢發展，五年十年後將會出現什麼情況？它跟自己又會有什麼關係？我可以先做什麼準備？」然後以此先見之明，未雨綢繆，搶得先機。

《基業長青》作者、也是管理學大師的柯林斯，喜歡攀岩，大學時代就去挑戰當時尚未有人徒手攀登成功的創世紀攀岩路線。在多次鎩羽而歸後，他認真自我檢討，覺得真正阻擾他的並非體能，而是心境和眼界。他從攀岩歷史裡發現，原本被認為不可能的路線，一旦有人攀登成功，那麼接下來成功的攀登者就會一下子增加許多。為什麼會有這種現象呢？因為後繼者已不再有心理障礙。他於是將時間推移到已經有很多人攀登成功的十五年後，當他改用這種眼光和心情來看矗立在身前的岩壁，一鼓作氣，竟成功地攀上了頂端，讓自己和旁人都大為吃驚。

從現在看未來會發生什麼，是一種眼界；而從未來將發生的事回過頭來看現在，是更需要學習的眼界。柯林斯用他的親身經驗告訴我們，這種先見之明正是各行各業高瞻遠矚者的思考方式和眼界，他們鑑往知來，以未來的事實來規劃自己現在的夢想。

眼光長短與眼界寬窄，除了來自個人閱歷，也可從他人經驗中汲取。上面這些人的經驗或故事，都有助於我開拓我的視野，雖然無法「有眼大如天」，但也不再像以前那樣「目光如豆」。

我的眼光所及之處就是我的眼界，也是我人生的疆界。看得到、想得到，但不一定做得到、走得到。雖然尼采說：「你的眼光所及之處，就是你人生監獄的圍牆。」但只要監獄夠大，夠我一輩子倘佯，那又何妨？

輯三——命運何所似

與母親同行走過蒼茫的人間路

母親的告別式。我披麻帶孝，雙腳跪落在母親靈前，泣讀祭文：

「……您出世就是歹命子，父母早死，大兄又染病，十歲就從咯哩庄腳到台中街仔替人煮飯洗衫，受盡苦楚。但是您不願庸碌過一生，認真學習，還自己選了一個好夫婿。您和爸爸本來住在鄉下，在兒女一個個出世後，為了能給我們更好的將來，您堅持搬到台中市區，自己找家庭代工，剝豆、開柑仔店、賣菜、賣炸粿，不辭辛勞，含辛茹苦，為的是讓我們食得飽、穿得暖，受更好的教育。您的眼光和意志、吞忍和堅強、打拼和樂觀，不只給我們溫暖的家，也改變了我們的命運。您的子孫今天在台灣和美國，如果可以跟人比併，都是您的所賜。我們永遠謹記，感恩在心……。」

我淚眼模糊，泣不成聲。

雖然我一直相信命運掌握在自己手中，我的人生來自我的選擇。但跪在母親靈前，我始椎心醒悟，母親才是我命運的推手。在我不懂人事時，她就慈祥地、辛勞地、默默地把我推到我可以做更多選擇的地方。

在家人的紀念相簿裡，有一幀母親和我的合照。三、四歲的我歡顏坐在腳踏車把手後的竹椅上，而母親則將我兜攏在她溫綿的身軀的氛圍裡。上了彩卻已泛黃的畫面，記錄著被歲月所掩沒的母子關係。初中時，母親指著照片對我說，有天深夜，我高燒不退，她將我密密麻麻地圍背在背上，就騎著這輛腳踏車，從鄉下冒著寒風到台中市街，去敲醫師的門，醫師說再遲來一步就沒救了云云。

懷著歉意注視這張似乎在描述歡樂的久遠照片，我是再怎麼也想不起小時候經常生病看醫師的往事。不過我能理解，兒子歡樂童顏的底下，曾經隱含著母親無限的憂慮。

初中聯考前，母親帶我到一間廟宇燒香，回程經過繼光街的一個路邊攤，母親叫了魚羹，我們就坐在小桌邊細細品嘗。看著其他食客都點了肉羹還有滷味，但我並不羨慕，我知道五角一碗的魚羹已是母親最大的能力，何況這還是我生平第一次吃魚羹，只覺得味道鮮美與母愛的溫馨。

吃完後，母子沿著綠川從繁華的鬧區走向寒傖破落的郊區。如今站在無限遠處的我，彷彿依然看到行走於夜色下的母子模糊身影：一個辛勞而不屈的母親，以充滿愛與憂慮的眼神注視著突然快步前行的兒子；而瘦弱的兒子看著自己在街燈映照下巨大的身影，心裡已然決定，他要做一個比父親及其他多數人都更優秀的男人，以回報母親的愛與期待。

當年，母親陪我到台大辦理新生註冊。在等候註冊的長龍中，我忽然發現有一份文件遺失在保證人（親戚）家中，憂急地不知如何是好，母親要我繼續排隊，她自個兒去拿。母親走後，我才擔心起來：不識字、第一次來台北、要如何換乘兩部公車，去拿回那份失落的文件呢？

在大太陽底下，焦躁地摹想母親在成列公車站牌下奔來走去的情景，我就異樣地惶亂起來……。但母親終於及時趕回，她奇蹟般地拿回那份文件，還帶來供我解渴的飲料。

母親總是在我最需要幫助的時候，即時地對我伸出援手，展現她的神力。我感念母親對我的關愛，猶記得當年在台大男生第七宿舍，曾用筆在書桌裡寫下「不負倚閭殷切望，榮歸有日報親恩」。但是啊，我後來竟走上一條讓母親不以為然的路，而她對此卻是一句話也沒說……。

我不是一個動不動就會淚流滿面的男人。我只有在想起過世的母親，還有我對她的虧欠時，才會忍不住傷心淚湧。

母親為了養育我們，終年辛勞，沒有什麼休閒娛樂。我結婚生子，接父母來同住後，就教他們和妻子學打麻將。靈光的母親一學就會，牌技比父親和妻子都高明許多，後來更成為我親戚圈子裡的常勝阿媽。每次從電話裡聽到她又大有斬獲的歡聲時，我總是長話短說，高興地祝她槓上開花。母親不喜歡要花錢的娛樂，讓她憑本事在娛樂中贏點小錢，得到雙重的快樂，也算是我對母親的了解與回報。

婚後多年，全家人開車外出，母親總是要坐在我旁邊的前座，說是要為我注意車前的狀況，在我露出倦容時跟我說話，免得我打瞌睡。在她眼中，我永遠還是個需要她分憂解勞的兒子。她和父親到大陸旅遊，在湄州媽祖廟求得一個香符，就一直掛在我以前開的那部舊車上。

比起同齡者，我母親和父親到國外旅遊的次數算是多的，但他們最喜歡的是美國。因為後來我的兩個妹妹都移民到美國，她們也歡迎父母前往，而且一住就是一兩個月。當我兒子要到紐約念書時，雖然母親可能幫不上什麼忙，但我還是主動請父母陪他去（我一個妹妹住長島），也許就像當年陪我到台大註冊，說不定能在遇到突發狀況時，母親能及時伸出援手，展現神力。

母親在鄉下長大，過不慣都市生活，特別是台北很少親戚，更加無聊，我因而在親戚眾多的中部山村買了塊地，蓋了間農舍，供父母蒔花種菜，打發時間。想不到他們如魚得水，就常住了下來，而換成我要帶著妻兒到山中和他們相聚。

四周圍種檳榔樹的一分七農地，說大不大，每次去，母親總是興奮地帶著我們去觀賞她和父親耕耘的成果：菜花、甘藍、豌豆、番茄、絲瓜、南瓜、綠竹筍、芋頭、蘿蔔、玉蜀黍、木瓜、龍眼、芭樂等等。白天吃父母種的菜，晚上則坐在屋前的星空下，在蟲鳴聲中閒話桑麻，共享天倫，也是人間樂事。

在父後百日，我和妻子帶母親到北京散心。遼闊的天安門廣場、巍峨的宮牆、金碧的殿宇，似乎喚醒了她三十年前曾到此一遊的記憶，還有那更早的、繚繞於歌仔戲鑼鼓聲中，訴說著帝王將相悲歡離合的文化幽魂。母親很有興致地細瞧長春宮中的后妃寢室，忽然問我：「狸貓換太子是在這裡發生的嗎？」我很認真地回答：「那是宋朝的事，發生在河南開封。」

其實，開封也沒那回事，但母親心中自有一部中國歷史，自有一箱傳統文化，自有一套安身立命之道。雖然有點虛妄，不過荒唐言裡自有辛酸淚，我不想去打擾它們。

來到鳥巢，走進外露的鋼骨結構中，搭電梯直上五樓，選個位置坐下來。看著腳下田徑場上有吊車與工人正忙著搭建不知名的舞台，我向母親解釋這裡是二〇〇八年奧運會的主會場，比賽結束後，很多知名的影歌星都在這裡辦過演唱會，但母親對此似乎沒什麼興趣，反而問我：「我們台灣有來參加奧運嗎？」我有點驚訝，不自覺地提高聲音：「有！有！當然有。我們是會員。」

坐著坐著，我指指四周，向母親提起在鳥巢那七歪八斜鋼梁的每個焊接處都鐫刻著焊工的名字，母親若有所思地點點頭，但我略去了我在《南方周末》的一篇文章裡，拿它來和明孝陵城磚上也刻著窯匠名字做比較的歷史緣由。屬於我的母親，有我難以理解的一面；而屬於她的兒子，我也有她無法理解的一面。但我們就這樣互相依靠著。覺得人生至此，雖然玄妙莫測，無常多變，卻依然讓我感到十分美好。

母親八十六歲時，因大腦動脈栓塞而中風，半身不遂，口不能言。除了請菲傭幫忙照護外，我每天都摟著坐在輪椅上的母親，一邊觀賞她和父親到各地旅遊的照片或YouTube裡的豬哥亮歌廳秀，一邊為她做解說。

看到母親蒼老而空茫的臉上露出似有若無的笑意時，我就會高興地親親她的臉頰，但也悲從中來。自我懂事以後，母親就從未抱過我，我也從未牽過母親的手，只有在母親中風後，我們母子才變得如此親密。但母親還認得我這個摟著她、親著她的兒子嗎？

在等待母親遺體火化時，姊姊忽然站起來，對弟妹們說：「父親走了，現在母親也走了，大家以後要聽溢嘉的話。」我默然低頭。

母親還在時，即使自己已經六十好幾，還可以留一些孩子氣；現在，孩子氣已被母親收回，我終於必須自己作主，為這個家作主。

命運何所似

在六朝古墓的石獸旁答客問

多年前在南京郊外，六朝古墓的斑駁石獸旁，一個留有中國書生餘韻的教授說他讀了我送他的《命運的奧義》，然後彷彿喃喃自語：「看來你是不相信命運的？」我了解他的心情，黯然回答：「我不是不相信命運，而是不相信那些窺探命運的方法。」

命運使得出生在江南的他，在文化大革命中，成為飽受劫難的知識分子；命運也讓我和他相逢在看盡人世滄桑的沉默石獸下。但如果要追問「何以如此？」我覺得就是這樣，沒有為什麼，也無法推算。

人生好比是一場又一場的牌局，我會拿到什麼牌，是我的命，它完全不是我能決定的。什麼人會坐上牌桌跟我打牌，是我的運，它有一部分來自我自己的選擇。至於要如何打好我手上的牌，得到最好的結局，並成為下一場命運牌局的借鏡，則完全操之在我。這也是我對命運的基本看法。

相信命運有兩個層次：一是相信一個人的成敗窮達有「個人無法掌握」的因素，一是相信占星、八字、堪輿等命運窺探術可以讓人趨吉避凶。這兩者絕不能混為一談，我的相信，屬於第一個層次。

這位大陸教授心中的疑問，讓我想起東漢的王充。王充是我相當欽佩的中國古代思想家，他所著的《論衡》八十五篇，即使在今日讀來仍然擲地有聲。就像胡適所說：「王充的哲學動機，是對於當時種種虛妄和種種迷信的反抗。」

在命運這個範疇裡，王充反對當時非常盛行，也是中國古典命定論重要基石的「天人感應」。他認為如果人會受天的影響，那也是一種自然，而非出於天的意念。天既無意感動人，也不會被人所感動，更何況人在天地之間是非常細微的存在，要靠什麼「力量」去感動（撼動）巨大無比的天呢？所以他認為「天人感應」只是人類一廂情願的虛妄之說。

從實際的觀察中，他也不相信「善有善報，惡有惡報」；更不相信從「天人感應」衍生出來的中國古典因果論或預知術的各種判讀方法與伎倆，他對一個人出生時的「八字」會決定貴賤窮達的說法，提出反駁說：「凡人受命，在父母施氣之時，已得吉凶矣。」這表示他認為在這個領域即使有什麼「決定因素」，那「受孕」的時刻（承襲父母的遺傳基因）也比「出生」的時刻要來得重要，這的確比八字學家的觀點來得高明。

王充甚至早就對那位大學教授的際遇或命運提出了解說。在文化大革命中遭遇不幸的知識分子太多了，他們為什麼會有「同樣的命運」？這就好像王充在問戰國時代「為什麼四十萬趙卒會在同一天被秦將白起坑殺？」他思考所得的答案是：人有人命，國有國命，而國命大於人命；四十萬的趙卒雖然都各有其命，但在「遇」到趙國的「國命」後，都交了「壞運」，結果就「同年同月同日死」。我想如果真有「命運」這回事，那對所謂的「集體命運」，沒有比王充更好的答案。

王充對「命運」最精采的看法在於他將個人的稟賦、才華、智愚、品德、行為和他在人世間的貴賤窮達、禍福成敗分開來，成為「不相干」的兩條線。《論衡》第一篇〈逢遇篇〉，劈頭第一句話就是：「操行有常賢，仕宦無常遇。賢不賢，才也；遇不遇，時也。」

第二篇〈累害篇〉則說：「修身正行，不能來福；戰栗戒慎，不能避禍。禍福之至，幸不幸也。」第三篇〈命祿篇〉更言：「夫臨事知愚，操行清濁，性與才也；仕宦貴賤，治產貧富，命與時也。命則不可勉，時則不可力，知者歸之於天，故坦蕩恬忽。」

總歸一句話，王充認為一個人在塵世間的貴賤窮達、禍福成敗，跟他的才智、品德、行為「沒啥關係」，這似乎顯得有點偏激、有點情緒，但如果我們曉得王充個人的際遇，就能了解他為什麼會這樣認為。王充的智力及才華雖然高人一等，但卻因為出身寒微（孤門細族），在講究門第的漢代社會裡求仕無門，不僅沒有高官厚祿、榮華富貴可享；連發揮才情、受人尊重的機會都少之又少；他的《論衡》雖屬曠世之作，但在當時卻沒有得到應有的評價。

另一方面，憤世嫉俗的他也很瞧不起那些滿面風光、內裡卻是草包的富貴顯達人士。也許就是有這雙重的心理不平衡，而使他不得不相信命運的存在：雖然說在

「歸之於天」時，要「坦蕩恬忽」，但還是難掩他心中的悲憤之情。

我有一次到士林夜市，發現在巷弄裡居然有很別致的「命理一條街」。易經、紫微、體相、測字、鳥卜等傳統的命運或天機窺探術應有盡有。男女命理師端坐在一個個小房間的辦公桌前，桌上擺著一台台電腦和各式道具，為顧客析命解運。入口處還懸掛著一個很大的布告看板，明訂各種推算諮詢的收費價格，強調智愚無欺，還備有申訴電話。

有人認為易經卜卦、紫微體相等論精理奧、高深莫測，讓它們這樣流落街頭排排坐，是在糟蹋傳統文化，我倒是覺得能將窺探天機或命運納入管理，接受申訴，讓它們不再那麼神祕，就會健康許多，也便宜許多。

傳統的天機說或命運窺探術，「仰則觀象於天，俯則觀法於地，觀鳥獸之文，與地之宜，近取諸身，遠取諸物，於是始作八卦，以通神明之德，以類萬物之情」，這種想藉觀察與探索，析理出萬事萬物背後的運作法則，跟近現代的科學活動其實非常類似，但它們所得到的結論和方法，卻在理性的燭照與科學的驗證後，愈來愈失去市場、站不住腳。

現代科學其實也是一種命定論，也認為「凡事必有因」，也在尋找趨吉避凶的各種方法；但科學在進入量子時代後，就像量子物理學家波姆所說，決定宇宙萬象的，除了必然因素外，還有偶然的因素；「偶然」，是被過去科學家所忽略的另一個宇宙律則，另一種「天機」。很多事情，沒有比偶然更合理的解釋；很多以前認為必然的事情，裡面也都含有偶然的成分。

我看過一則令我印象非常深刻的社會新聞：有一個企圖自殺的人從高樓跳下，結果自己沒摔死，反而壓死一名過路的人。神機妙算的命理大師也許能對這個離奇事件推算出「何以如此」的深奧理由，但對一個量子物理學家來說，它就像一粒電子脫離它的軌道純屬偶然，「沒有為什麼」。

這也是我對當年南京郊外那位教授心中疑問最終的回答。為什麼他和我會有不同的際遇，又相逢於六朝古墓下，純屬偶然，沒有為什麼；當然，我也可以說這就是「命運」，因為翻開韋政通的《中國哲學辭典》，我發現中國古人對「命」有十三種不同的解釋，而其中一個就是「偶然」。

我相信每個人的生命中會出現一些並非操之在己、但卻可能影響自己人生的偶然因素，那就是每個人的命運；不過因為它們不可知，所以我毫無興趣想去了解它們。但當它們闖進我的生活時，如果干擾到我，讓我覺得不舒服，那麼我希望能像蚌對待闖進牠殼中的沙粒般，接納它們、包容它們，耐心而努力地將它們轉化為我生命鍊裡的一顆顆珍珠。這也是我對那位飽受劫難的中國知識分子的祝福。

有價值的臉
給「顏值」一個新說法

「顏值」似乎是近些年才出現的一個用語，「顏」是容貌，「值」是數值。「顏值」說的是一個人容貌好看的程度，「顏值高」，也就是多數人公認的美貌（女曰美麗、男曰英俊），不只讓人喜愛，而且有很高的附帶價值。

二〇一七年，美國經濟學家哈默邁什教授的「顏值和勞動力市場」研究顯示，顏值高者拿到的薪水比一般人要高五％以上，而顏值低者的薪水則比一般人要低九％；合而觀之，顏值高與低，薪水就相差十四％。

我有一個醫師朋友，經常調侃說：「美貌讓人喜愛。但認真說來，一個人之所以能有美麗的臉蛋不是來自父母的遺傳，就是出自整形醫師的巧手。愛上這種美貌，其實就是愛上ＤＮＡ，或者愛上整形外科學。」雖然語帶嘲諷，不過說得似乎也沒錯。但我們會喜歡美貌，可能還有更幽微的因素。

人喜歡美的東西，而美貌更是最動人、影響最深遠的一種美。亞里斯多德說：「美貌比任何介紹信都更具有推薦效果。」不只因為貌美代表性吸引力，能給人良好的第一印象，更因為美貌還具有榮耀效應，會讓人覺得當事者在能力、品行等方面也都是好的，就像詩人席勒所說：「肉體美乃是內在之美、心靈之美與道德之美的表徵。」（但在客觀驗證下，這些都只是虛妄之辭。）

顏值高，不只對女人重要，對男人也同樣重要。一九六〇年，美國首次舉辦總統候選人電視辯論。在辯論前，尼克森（共和黨）的民調高出甘迺迪（民主黨）許多，但在電視辯論後，只從收音機收聽辯論的聽眾認為尼克森表現較好，而看電視轉播的觀眾則大多認為甘迺迪表現較好。因為兩個人在電視上的形象差太多：甘迺迪英俊瀟灑、活力四射；而尼克森則一臉憔悴、有氣無力。結果，甘迺迪當選總統。甘迺迪自己後來都承認，如果沒有電視轉播，他不可能當選總統；但他沒有說出口的是，選民會選他很可能是因為他長得比尼克森帥，選民當然更不會承認這點。

顏值低大抵是天生的，卻也是天生的倒楣鬼，經常被認為「本性邪惡」，即使表現優異，若加上個醜字，馬上產生扣分作用。明朝的王艮和張和已被主考官根據文章評定為狀元，但因其貌不揚，皇帝不喜歡，認為這樣的狀元遊街時，會「不符合人民期待」，而被硬生生拉下來，成為榜眼。

在我看過的跟容貌有關的研究報告中，讓我感觸最深的有兩個：一是讓受測者從美醜不一的女性照片中挑選「誰是思想前衛的女性主義者？」時，大家挑選的多為顏值較低者，不只一般男女如此，連女性主義者也有這種傾向。顏值低的女性在社會上受到不公平的待遇、壓迫與歧視，她們會起而抗爭，我相當理解與支持。

另一個是紐約監獄的研究顯示，貌醜的罪犯在出獄後，如果去接受整形手術，那麼對減少犯罪活動比接受心理和就業輔導都要來得有效，原因可能是來自世人對他們惡意的減少。也因此，對容貌醜陋的人想藉整形手術來改善他的社會條件或競爭力，我覺得不僅無可厚非，甚至值得鼓勵。但對一個顏值相當高，已經占了社會不少便宜的人，還想靠整形讓顏值變得更高，好去占更多的便宜，則是我無法欣賞，也難以苟同的。

一個人的容貌會干擾我們對他的判斷，這種干擾很難消除。我自問我還能做到「不以貌欺人」，但對「不以貌取人」則還要加油。不過更重要的也許是我們應該改變或擴充「顏值」的定義：「值」除了傳統所說的數值外，更應有品質、價值的新涵義。也因此，我認為「顏值」最少可以分為三種：

一是容貌的數值，指的是對眼髮鼻唇膚的美醜評價，它是直觀、靜態的，有一些共同的標準，也是一般說的顏值。一是容貌的品質，指的是一個人容貌所流露出來精神、風采，它是動態的，通常要在進退應對時才觀察得到。一是容貌的價值，指的是在長期互動後，因對一張臉的熟稔而產生的特別評價。

雖然這三種顏值有時會混和使用，但就實際接觸來說，以第一種所占的比例最大、出現的機會也最多，也就是我們對他人的顏值觀，多屬皮毛之見，的確相當「膚淺」；想要減少它的肆虐，就應該把注意力轉移到容貌的品質和價值——神韻之美與深刻之度上。

時尚女王香奈兒，她的化妝品和服飾，可讓女性變得更美麗與迷人，但她說：「二十歲時，你的臉是自然給你的。三十歲時，你的臉是生活塑造的。到了五十歲，你的臉才是你自己掙來的。」不管女人或男人，二十歲所具有的顏值，只是皮毛之見；三十歲以後，則開始出現特殊的神韻；到了五十歲，神韻之美不僅勝過了皮毛之見，而且產生了自己獨特的價值。

這也正是存在主義哲學家卡繆所說的：「一個人活到四十歲，就必須對自己的容貌負責。」因為活到四五十歲，你的臉上會流露出什麼樣的神色，都是來自你個人生活閱歷、思想和情感的刻劃，是自己掙來的。

這個自己掙來的或是必須自己負責的臉，正是《黃庭經》所說的「面為靈宅」，是我臉上的靈魂之光；或者《真誥》所言「面者神之庭」，是我臉上的精神韻味。它們也才是大家更需要看重的顏值，與其靠整形、美容來製造更多的皮毛之見，不如換個腦袋或算盤，調整一下各種顏值在自己心中的比重。

在我眼裡，我妻子、父母與子女的臉，顏值特別高。雖然他們的容貌不算美麗、英俊，但因為那上面雕刻著他們和我一起走過的歲月，有著只有我才能夠明白的憂歡與風霜，所以就是我心目中最有價值的臉。

在深入了解一個人後，他臉上的一個疙瘩、一條皺紋，也就都有了特殊的意義和價值。也許，這才是我們最需要的顏值，最應該好好欣賞、珍惜的臉。

經驗的教訓
別以爲只有你才有爺爺

我讀小學時，國語課本裡有一篇課文，題目忘了，只記得是在說有一個賣草帽的小販，在午後來到一棵大樹下，坐下來休息，不知不覺就睡著了。醒來卻發現擔子上的草帽都不見了，他緊張地到處尋找，最後發現草帽全都被樹上的猴子拿走了，猴子們正盤踞在樹幹和樹枝上玩著手上的草帽。

不知如何是好的小販，下意識地將手上的草帽戴到頭上，他發現猴子們也都學他把草帽戴到頭上；小販試著摘下頭上的草帽子當扇子搧，結果猴子也跟著摘下帽子左右搧動。小販心中大喜，於是將手上的草帽往地上一丟，猴子們也紛紛將草帽丟到地上。小販趕緊收拾起地上的草帽，放回擔子上，然後哼著歌離開。

聰明的小販如何運用他的機智，取回被猴子偷走的草帽，讓我印象非常深刻，所以還記得這個故事。幾年前吧，我又看到這個故事的續集：

就在故事發生四十年後，當年的小販已當了爺爺，而由年輕的孫子繼續賣草帽。有一天，年輕人擔著草帽，又來到當年爺爺來過的樹下休息。醒來時，發現擔子裡的草帽都被樹上的猴子拿走了。怎麼辦呢？他想起爺爺以前也發生過這種事，於是，他照爺爺當年的方法，將手中草帽戴到頭上，樹上的猴子也紛紛把帽子戴到頭上；他取下草帽當扇子搧，猴子們也都學他取下草帽左右搧動。果然跟爺爺告訴他的一模一樣，這些猴子真是笨！

他心中大喜，於是將手中的草帽往地上一丟，但這次樹上的猴子卻沒有如爺爺所說的，學他將帽子丟到地上，反而紛紛將草帽又戴回頭上。

「奇怪了！」他不禁站起來，看著猴子納悶地說。這時，一隻健壯的公猴從樹上跳下來，敲了一下他的頭，說：「你以為只有你才有爺爺嗎？」

看了續集，覺得它比前集更有意思；而前後集合起來看，也才能看出這個故事的完整意涵。在前集裡，聰明的小販從猴子的行為裡發現一個規律，運用這個規律取回了被偷的草帽；反之，只會一味地模仿別人的猴子則是愚昧的，很容易被人抓住弱點加以利用。

但到了續集，告訴我們的卻是不同的道理：經驗很重要，學習前人成功的經驗似乎更重要；但在人生的博奕中，真正能「前事不忘」，而讓它成為「後事之師」的，通常是吃虧上當的一方，他們會記取教訓，改變策略。如果你陶醉在昔日或前人的勝利中，沿用以前成功的方法，那可能就會帶來失敗。

我們常陷入這樣的迷思中：以成功者為典範，想學習或炮製他們成功的方法，運用在自己遇到的問題上，但卻往往因為時空與各種情境、條件的差異，不僅無法達到預期的效果，甚至一敗塗地，這也是為什麼微軟總裁比爾．蓋茲會說：「用過去成功的方法，就是下一次失敗的原因。」

其實，《莊子．天運篇》早就說過，當孔子目睹春秋時代的社會亂象，想在魯國推行周朝早期以禮樂治國而獲得成功的制度時，師金即提出批評：「以舟之可行於水也，而求推之於陸，則沒世不行尋常。古今非水陸與？周魯非舟車與？今蘄行周於魯，是猶推舟於陸也！勞而無功，身必有殃。彼未知夫無方之傳，應物而不窮者也。」

意思是說，認為船可行於水上便把它推到陸地上來走，那就走不了多遠。古與今的差異就像水上和陸地，周與魯的不同就像船和車，一心想在魯國推行周朝的制度，就好比把船推到陸地上來行走，不僅徒勞，還可能遭殃。他認為孔子是食古不化，不懂得應該隨情勢的變化來調整策略。

不僅情勢不一樣，我們所面對的問題或對手也會不一樣。賣草帽小販的孫子面對的雖然同樣是猴子，但這些猴子已從牠們爺爺那裡學到了教訓，曉得把草帽丟到地上是大敗筆，絕不能再重蹈覆轍；小販的孫子卻以為這些猴子跟牠們爺爺一樣愚蠢，他重施故技，結果不僅沒有效果，而且還受到了嘲弄。

認為對手一樣，問題也沒變，就是我們經常陷入的另一個迷思。有個故事說：一個農夫住進都市的旅館，第一次看到電燈，比鄉下看慣的煤油燈光亮許多。當他準備睡覺時，張口猛吹電燈炮，但再怎麼吹，電燈炮卻依然紋風不動地亮著。聽起來像個笑話，但這位農夫其實是想用在鄉下吹熄煤油燈的方法來吹熄電燈。不要笑這個農夫笨，多數人在面對新的問題時，最先想到、採用的也都是過去熟習的舊方法，卻沒有察覺到問題跟以前已經完全不一樣！以前行得通的，現在未必行得通；對某些人、某些問題很有效的，換了人或問題後，可能就會一團糟。在人生的旅途裡，總是會遇到各種情況，想要解決它們，看清問題與情勢，往往比經驗和方法來得重要。

直面煩惱
小布達拉宮的一個巧妙設計

承德外八廟中的普陀宗乘之廟，有小布達拉宮之稱。我們在初冬的午後抵達，遊客較少，寺院內外相對安靜許多。

前往大殿須爬兩段石階。帶我們前來的友人特別解釋：這兩段石階各有五十二級，為什麼做這種設計呢？因為佛說人生有一〇八種煩惱，除了生老病死這四者不可避免外，其他一〇四種都是在自尋煩惱。既然是自尋，那就得靠自悟、自解與自療，爬上這兩段石階正象徵每走一階，就可自我解脫一種煩惱。

的確很有創意。於是懷著參道的虔誠，起步上階。一階一階不疾不徐地往上升，心平而氣和，不知不覺就走完了一〇四階。轉身俯望，天清氣朗，視野遼闊，山川信美，清風徐來，心中的煩惱似乎已一掃而空。

我從中領悟到的是：爬這一〇四級石階，雖然不吃力，但也是相當的體能運動，它轉移了我的注意力，原本掛礙於心的執著都變淡了。而在站到較高處後，心眼變寬了，也看得更遠，心曠神怡後，對事情不再那麼斤斤計較，自然少了許多煩惱。這個設計不只具有象徵的隱喻，更讓人在身體力行、親身經歷後，自行領會要怎麼消除煩惱。

我們的很多煩惱的確都是自找的，而且不必要。睿智的猶太民族有這樣一個故事：摩西向他的朋友亞伯拉罕借了一百哥貝。約定償還的期限就在明天，但摩西卻連一個哥貝也沒有。當晚，摩西為此而煩惱得睡不著覺，在床上翻來覆去。最後爬下床，在房內來回踱步。摩西的太太蕾貝克在床上吼道：「你到底在幹什麼？還不趕快來睡覺！」摩西於是將他的煩惱告訴妻子，蕾貝克聽了，說：「你這個傻瓜！今天晚上睡不著而要起來走來走去的，應該是亞伯拉罕啊！你緊張個什麼勁？」

英國有句諺語：「一磅的煩惱，也償還不了一盎司的債務。」摩西整夜煩惱，縱然煩白了頭髮，對債務完全無濟於事。還是他妻子蕾貝克聰明又冷靜，但這並非暗示人可以借錢不還或債多不愁，而是想提醒大家，煩惱最傷身體。理智的做法是將無用的煩惱拋到九霄雲外，早早上床睡個好覺，讓明天能有充沛的精神和體力，那麼不管是要道歉、要打架，或者要多賺幾個哥貝，才能比較像個樣子。

煩惱跟憂慮不同。憂慮是我擔心某件事，但這件事可以因我的擔心而讓我未雨綢繆，採取行動，防範於未然，我的憂慮很可能因此而解除。譬如我以前菸抽得兇，經常咳嗽，我憂慮再這樣下去很可能會得肺癌，所以採取行動，下定決心把菸給戒了，很少再咳嗽，這方面的憂慮就減輕了。

而煩惱則是我雖然擔心某件事，但這件事通常是我無能為力的，我只能空擔心；或是對擔心之事不採取任何行動，只在那裡一味擔心，不斷地在心裡做文章，結果擔心就變成了煩惱。

煩惱，就好像讓我坐在一張搖椅上，為某件事而前後搖晃，縱然搖得頭昏眼花，卻依然留在原地，沒有前進半步。它只會浪費我寶貴的時間，折損我健康的身體。另一方面，煩惱也好像一隻蜘蛛，拼命在我的腦洞裡吐絲結網，不僅讓我變得思路不清，還被困在裡面，反而難以脫身。

關於煩惱，聖嚴法師說了一段至理名言：「遇到煩惱要面對它、接受它、處理它、放下它；不自找煩惱，就是智慧。」遇到問題，絕不能逃避或晾在一旁空煩惱，而必須以實際行動去面對它、處理它；事情過了，就要學會放下，不要再擱心頭，壓得自己透不過氣。

但認真說來，我們大多數的煩惱都沒什麼大不了。張愛玲說她的生命中有各種咬囓性的小煩惱，就好像「一襲華美的袍，爬滿了蚤子」。形容得的確很傳神，但還好只是微痛微癢的小蝨子，而不是張著毒牙與血信的響尾蛇。

禪宗裡有個小故事：某個夏天，曹山禪師問一位和尚：「天氣這麼熱，要到什麼地方躲一躲好呢？」和尚說：「就躲到熱湯爐火裡吧！」曹山不解：「熱湯爐火裡不是更熱嗎？」和尚回答：「在那裡，什麼煩惱都不會有啦！」

天氣這麼熱，意味著煩惱。但熱湯爐火裡比天氣更熱，怎麼躲呢？因為在被熱湯爐火燙死後，就什麼煩惱都沒有了。一個人會煩惱，是因為他還有時間煩惱；而一個人會為小事煩惱，是因為他還沒有大煩惱。一個為鼻子長得不挺而煩惱的人，當他知道自己得了肝癌後，就不會再為鼻子不夠挺而煩惱；當他死亡的那一剎那，那更是什麼煩惱都沒有了。

死亡是最大的煩惱，但也是最後的解脫，我之所以會為一些小事煩惱，那是因為「我還沒死」，還不必面對死亡的煩惱。

這也正是哲學家叔本華所說的：「要判斷一個人幸福與否，必須問的不是他為何愉快，而是他為何煩惱。如果他煩惱的事愈平凡細微，那就表示他愈幸福。因為一個真正的不幸者，是根本沒有心情去覺察那些瑣碎小事的。」

所以，能夠為小事煩惱，表示「我還非常幸福」，應該為此感到慶幸與高興才對。在如此這般改變對煩惱的認知後，我就不再為多數的煩惱所苦，甚至還會懷念它們。譬如我曾經為父親的暴躁脾氣而煩惱，也為他的巴金森氏症和失智而煩惱；現在父親走了，我似乎也解脫了。但看著以前我將父親從輪椅抱上車的照片，我真希望還能有那種煩惱。為親人而煩惱，其實是甜蜜的負擔。不必再煩惱，不是解脫，而是讓人陷入比煩惱更嚴重的失落、空虛、哀悔與迷惘中。也因此，在還能夠煩惱時，應該好好珍惜那種煩惱。

當然，更積極的作法或改變是要轉而感謝、張開雙臂歡迎那些讓我們煩惱的人和事。在人生的每一個關口，都有讓人感到煩惱的問題和挑戰，它們其實也是在提供我們成長和改變的契機。與其厭惡、逃避、拋棄、忘掉它們，不如感恩這些煩惱，因為它們都是在幫助我們修行。以期待自己能因此而成長與改變的愉快心情來歡迎它們、面對它們，煩惱就成了菩提。

遙觀股海波瀾
量子基金與射飛鏢的啓示

最近因新冠肺炎的爆發，全球股市在暴跌與暴漲間驚滔駭浪，讓人心情跟著七上八下，但我只能算個旁觀的局外人。

很多年前，我因親友慫恿，而去買了兩檔股票，股息收入看來是比定存要好，但也沒有再買賣。兩三年前，文友聚會，《無腦理財術，小資大翻身》的作者施昇輝就坐在我隔壁，他建議我可以買「0050」，我聽了雖有些心動，但到現在卻一直沒有行動；很擔心再見面時，他問我：「已經賺了多少？」

我想，除了我已經過了想要「大翻身」的年紀外，更重要的是我自覺並非「此道中人」，對投資理財一直缺乏興致，提不起勁。但這並不表示我對投資理財毫無概念，我對投資理財的看法，主要受到下面兩件事的影響：

喬治．索羅斯是叱吒全球投資市場的傳奇性人物，他最讓人津津樂道的一次大手筆是：一九九二年九月中旬，看準英國的經濟危機及英格蘭銀行堅守匯率的頑固政策，而大量放空一百億以上的英鎊，結果使得英格蘭銀行被迫退出歐洲外匯機制，並且讓英鎊貶值，而讓他在短短幾天內就賺進了十億美元。

喜歡索羅斯的人說他是投資舵手、金融怪才與洞燭先機者；討厭他的人說他是金融大盜、市場投機客和大鱷魚；但不管你給他什麼評價，他對投資市場的看法確實有讓人深思之處。

索羅斯所設立的投資理財基金叫做「量子基金」，為什麼會以「量子」為名？因為他認為投資市場就如同量子物理學，儘管有各種分析，但「測不準原理」才是它最重要的法則。在「測不準」的情況下，任何投資都有風險，但也需要冒險，而他就是一個敢於冒險的人。在四十年間，他操盤的基金平均年報酬率超過三〇％，更曾經創下累積十年高達三三六五％報酬率的紀錄，這麼好的投資報酬率，主要就在於他懂得如何冒險。

索羅斯畢業於知名的倫敦政經學院，但他說關於投資理財和經濟學，他個人在少年時代的冒險求生經歷教他的遠比倫敦政經學院還要多。

索羅斯出生於匈牙利的猶太家庭，十四歲時，納粹入侵布達佩斯，估計會有一半猶太人喪命的父親嚴肅告訴家人，若想活命就必須暫時忘記正常社會裡的行為模式，而要運用一切使倆來冒險求生，結果他父親判斷正確，他們全家人也因冒險而倖免於難。

索羅斯後來回憶說，這段日子不僅是他生命中最刺激與快樂的時光，還為他後來的投資事業提供兩點幫助：一是不要害怕冒險，一是冒險時不要押上全部家當。雖然他勇於冒險，但他也強調他是一個「不安全感分析師」，心中常懷自己可能因犯錯而萬劫不復的不安全感，這使他永遠保持警覺，並隨時準備修正錯誤。

雖然在人生的投資方面，我也算是一個保持警覺的冒險者（譬如會讓很多人捏把冷汗的棄醫從文）。但也許在這方面已經滿足了我對冒險的需求，所以在投資理財方面，反而缺乏這種渴望。

另一件事是：一九六七年六月，美國《富比士》雜誌一時心血來潮，投資二萬八千美元買了二十八檔上市公司的股票，方法是將《紐約時報》的股票版釘在牆壁上，用擲飛鏢的方式亂射，射中哪家公司，就買該公司一千元股票。

重要的是在十七年後，這二萬八千元的股票增值為十三萬一千六百九十七元，獲利四七〇%，換算成利息，平均每年有九．五%的複利。根據經濟學家馬其爾的分析，在同一期間內，只有極少數共同基金的獲利能力比它好。

也許有人會認為這只是運氣好，或者符合「分散且長期持有」的原則，但根據馬其爾的進一步分析，以電腦隨機購買股票所得到的結果跟《富比士》雜誌差不多，而且大大超越了由所謂專家操作的共同基金。

有很多一臉精明的證券分析師，對今天早上或昨天的股市「為什麼」會漲或跌，分析得頭頭是道，但要他們預測明天、下個月、五年後股市的漲跌，如果長期記錄追蹤，那絕大多數恐怕都跟「路人甲乙丙丁」預測的、「射飛鏢」決定的或「概率」差不多，甚至更差。

這兩件事影響了我對理財投資的認知：因為投資市場牽涉的因素太多也太複雜，難以做有效的分析和預測，再多的思考和分析，都只能提供我們「看似有深度的幻象」，但大抵是事後諸葛亮，對預測未來基本上可能「沒啥用」。這樣的認知正好呼應了我對投資理財的「無感」或者為它提供「理論基礎」。

我雖然沒有因善於投資理財而「大翻身」，但也從未因金融海嘯、股市動盪而在床上「翻來覆去」。有所失必然也會有所得，那要看你怎麼看。

當然，這只是我個人的一點看法，跟其他很多人的看法顯然不一樣。但何必在意？馬克吐溫早就說過：

「如果大家看法一致，那賽馬場豈不關門大吉？」

還我本色

烏鴉想出類拔萃，就要黑得發亮

有人說，我們每個人在剛出生時，原本都一樣，但後來因為教養與經驗的不同，而變得不一樣。但也有人說，我們每個人原本都不一樣，但後來卻因受到同樣風氣與流行的影響，而變得看起來都一樣。這兩種說法都有道理，端看你從什麼角度去看。

先說一個發人深省的故事：某位皇帝想整修一座古寺，他從眾多應徵者中挑出兩組；為求慎重，再請這兩組工匠先各去整修一座小廟來做個評比。這兩座小廟隔街相對，看起來一樣老舊；在整修前，甲組工匠向皇帝要了各種顏料和工具，而乙組工匠卻只要了一些抹布和水桶。

三天的工期結束後，皇帝前來驗收，發現甲組工匠用各種顏料將小廟粉刷得煥然一新、美輪美奐；而乙組工匠則用大量清水洗去小廟內外的汙垢，讓它恢復原有的色澤和潔淨，光可照人。前者顯得無比華麗，而後者則有說不出的莊嚴，可說各有千秋。

如果是你，你會讓何組勝出呢？皇帝決定乙組工匠獲選，他說：「恢復本色的做法，雖然簡單，卻讓我看到歷史的深度和價值，也讓我感動。」

不只「整修古蹟」應該保存或恢復它的本色，我們在「整頓人生」時也應該如此。為什麼很多人看起來都一樣？那是因為他們都受到同樣灰塵的掩蓋、汙染，而失去了自己的本色。

「整頓」，不是要用流行的色彩進一步去塗抹自己，去展示你並不具備的特質，得到你無法保有的讚美；而是要清洗掉被世俗觀念與流行風尚所汙染的塵垢，還我本來面目，恢復自己與生俱來的獨特本色。

國際知名巨星成龍，六歲即加入于占元在香港開辦的京劇戲班，練了些功夫底子，後來因京劇式微，他轉而到電影圈求發展，藝名為陳元龍，但接連好幾年，擔任的都是跑龍套或配角，並不如意。一九七〇年代初，李小龍的中國功夫片在各地造成轟動，武打片成了熱門題材，李小龍突然去世後，導演羅維看上他，找他挑大梁拍《新精武門》，才將藝名改為「成龍」，用意很明顯，就是想將他複製成「李小龍第二」。

《新精武門》可說完全是在延續李小龍的《精武門》，影片推出，賣座只是差強人意；接著又拍了好幾部類似的武打片，但都成績平平，成龍無法像李小龍般大紅大紫。

就在這個時候，另一位導演袁和平看出了成龍有別於李小龍、屬於他個人的本色——在還是陳元龍的時代，由李翰祥導演的《金瓶雙艷》裡扮演西門慶的書僮鄆哥，展現伶俐打諢、幽默風趣的喜感特質。於是為他量身訂製，寫了能讓他發揮本色的劇本，甚至由他自行設計情節，盡情揮灑，將他的幽默風趣和身手不凡做巧妙的結合，開創獨樹一幟的「喜劇功夫片」，也就是《蛇形刁手》和《醉拳》。

接連兩部片子都讓觀眾耳目一新，拍案叫好，票房迭破紀錄，他也因此脫穎而出，逐步建立影壇巨星的地位。後來成龍到好萊塢發展，像《西域威龍》、《威龍猛將》、《燕尾服》等，走的也都是「喜劇功夫」的路子。

類似的例子所在多有。譬如美國歌星金．奧特雷，出生於德州鄉間，剛到紐約的娛樂圈求發展時，一口的家鄉話和德州口音讓他感到自卑。經紀人也善意提醒他，如果想獲得大眾喜愛，最好是不說家鄉話，不要在歌曲中帶有德州口音，而應該入境隨俗。他也從善如流，盡可能地改掉鄉音、消除土氣，處心積慮地模仿都市紳士說話的腔調和言行舉止，但卻讓人覺得矯揉做作，畫虎不成反類犬，不僅沒有什麼效果，反而受到不少德州人的批評。

在難堪之餘，他醒悟過來，停止想要「字正腔圓」的徒勞努力，而以自己獨特的音色暢快地去唱西部歌曲。結果，人們慢慢習慣後，喜歡上他的德州口音，他也成為電影和廣播中著名的西部影星和歌星。

日本有句諺語說：「一隻烏鴉想出類拔萃，不是讓自己變白，而是讓自己變得更黑，黑得發亮。」原本是黑人歌手的麥可．傑克森也許是為了爭取更多的粉絲，而一再「漂白」自己，在動過太多整形手術後，不得不依賴藥物來麻醉自己，結果年紀輕輕就魂歸離恨天，留給歌迷無限的哀思。其實，保留自己的本色（膚色）有什麼不好或不對？為什麼一定要違逆自己的天性去迎合世俗的品味（更何況那也許只是自己虛妄的想法）？

削足適履地去追逐潮流，邯鄲學步地穿上時髦的鞋子，踏著別人的腳步前進，不僅走不遠，更無法留下足跡。找回迷失的自己，還我本來面目，以自己的本色去過活、去拼搏，即使沒有出類拔萃，也可以驕傲地說：「這就是我自己。」

跳出井底之蛙
從人類性反應到紅綠燈的結構

以前念書時，聽台大醫學院院長魏火曜告誡我們：「學醫的人容易蔽於一枝。」印象深刻，也引以為誡。

人類所創生的知識就好像一棵大樹，每一門知識都只是這棵大樹上的一個小枝枒。所謂「術業有專攻」，每一個專家對自己這個小枝枒上的東西也許知道得頗為精細，但對其他枝枒的情況卻知道得很少，甚至毫無所知，更不要說整棵大樹了。「蔽於一枝」是說整天在自己的小枝枒上跳來跳去的專家，不只對其他知識知道得很少，還往往會從自己的知見來看人生和各種問題，而產生「專業缺憾」。講得不好聽，就是他們提出來的通常只是「井底之蛙」的見解，但自己卻渾然不覺，而且還會自以為是。當然，不只學醫的人如此，其他專業人士也很難避免。

記得是大學後期，台大總區對面的外文書店盜版了一本暢銷書：William Masters、Virginia E. Johnson 合著（兩人是夫妻）的《*Human Sexual Response*》（人類性反應），我不落人後，立刻買了一本來看。讀後大為激賞，覺得增長了不少見識。

後來，忘了在什麼地方讀到人文心理學家羅洛梅（Rollo May）提到這本書，他說書的內容不錯，但書名不好，書名如果能改為 Human Sexual Organ Response（人類性器官反應），那就比較貼切。

我有如醍醐灌頂，當下驚覺：《*Human Sexual Response*》書中所言，有百分之九十的確都是男女性器官的局部生理反應。所謂「人類性反應」，應該要涵蓋一個人對「性」的整體感受和反應，除了性器官外，還要包括心理的、文化的，甚至歷史的範疇或層面，把它侷限在性器官上頭，那真是「蔽於一枝」的「井蛙之見」啊！

那 Masters 為什麼會訂出這樣的書名呢？正因為他是一個婦產科醫師，長年的專業生涯都繞著局部的性器官在打轉，這是他的專長，對「性器官反應」的研究也是難有人能出其右，但把「性器官的反應」放大，說成是「人類性反應」，不僅越界，而且還自誤誤人。

當年的我又為什麼會被他所誤呢？除了年輕外，更因為我也是學醫的，經常會從自己較為熟悉的醫學觀點來看問題，也喜歡閱讀同行專家的著作，結果就對自己的「蔽於一枝」渾然無覺。所以從那時候開始，我就一再提醒自己，不要淪為井底之蛙，不要安於自己熟習的小枝枒，應該多去看看人類知識這棵大樹上其他枝枒上的風景。

閱讀是我們認識各種知識的簡便方法，但所謂「生也有涯，知也無涯」，一個人窮畢生之力所能讀的書、得到的知識也不過是滄海一粟。我個人的經驗是除了偶發性的隨機閱讀外，主要是先從自己感興趣、較有心得的領域出發，再枝蔓到其他相關的領域。譬如佛洛伊德的精神分析是我比較熟悉的心靈領域知識，但只懂得它顯然有所不足，為求對人類心靈有更多的了解，我就會再去讀其他心理學派的著作（如行為主義、分析心理學、人文心理學、認知心理學等等），然後再及於人類學、文化、歷史……，我就是在這種情況下接觸到結構主義的。

當我在閱讀人類學家李區的《結構主義之父——李維史陀》一書時，讀到他以交通號誌來闡釋結構主義的一個基本觀念：人類社會為什麼會選擇「紅黃綠」這三種顏色來做為交通號誌呢？李區指出：在自然界的色譜裡，綠色是紅色的對比色（紅綠互為補色），而黃色則是紅、綠兩色的中間色；因為血是紅色的，所以人類會以紅色來代表危險（停止），而以和它對比的綠色來代表安全（通行），然後以紅綠之間的黃色來代表停止與通行之間的注意。他因而得到一個結論：文化層次上的交通號誌（危險－注意－安全）與自然層次裡的色譜（紅－黃－綠）具有同樣的結構，亦即文化的結構在反映自然的結構。

我當時看了，不僅拍案叫好，而且大為折服，於是就一頭栽進了結構主義裡（皮亞傑的結構主義則認為：知識的結構在反映大腦的結構；李維史陀則更進一步指出，人類文化的普同結構乃是來自各色人等的大腦普同結構。它們對我理解人類心靈，的確有很大的助益）。

後來，我又讀到Marvin Harris的《Cultural Materialism》（文化唯物論，這也是我想了解人類心靈而買的讀物之一），發現他花了不少心血去考察人類交通號誌的發展史，從十九世紀英國鐵路系統的號誌、二十世紀初年紐約街道的交通號誌，到現今的鐵公路交通號誌以及警車與救護車號誌的沿革與變遷，以確鑿的舉證告訴我，人類對交通號誌顏色的選擇及演變，其實非常複雜，李區把問題簡略化、單一化了（即使在今天，警車和救護車號誌使用的也非紅／綠色，而是紅／藍色）。結果，讓我在十幾分鐘內（就閱讀的速度而言）就對李區的論述打上一個大問號，也看出了結構主義的某些虛妄性。

Harris去搜尋那些資料應該花了不少功夫，他為什麼要如此大費周章？因為文化唯物論正是結構主義在學界的競爭對手，或者說「知識上的敵人」，暴露對手在論述上的疏漏、敵人在戰備上的弱點，正是打擊他們、宣揚自己觀點極佳的熱身運動。而我隔山觀虎鬥，或者說誤打誤撞，竟因此而獲益匪淺，也得到了關於閱讀的一個竅門。

多數人讀書，特別是在閱讀跟知識有關的書籍時通常會有一個毛病，在喜歡上某種學說後，就容易耽讀同一個派別的書籍，但所謂「王婆賣瓜，自賣自誇」，讀愈多只會愈覺得他們說的「實在有道理」，雖然也知道「盡信書不如無書」，但個人又沒有時間和能耐去查驗他們說的是否「真有道理」，結果我們擁有的往往只是一些「虛妄的知識」。

但有一個方法可以讓我們免於這種危險，那就是我前面所說的，改去閱讀「知識敵人」的作品，因為他們會上窮碧落下黃泉、費盡苦心地去尋找，或者從不一樣的角度切入，指出我所迷戀的知識可能有的盲點、弱點和缺點，只要我花一點功夫，就能讓我對我熟悉、熱中、迷戀的知識有不一樣的看法。我前面所說人文心理學家羅洛梅對《人類性反應》一書的批評，走的也是同樣的路線，因為人文心理學在傳統上就是唯物科學的「知識敵人」。

在現實生活裡，要我去親近我的「敵人」，也許是件困難的事；但在閱讀的領域裡，想親近「知識上的敵人」卻一點也不困難，我只需花點時間到圖書館去尋找，將它從書架上拿下來；或是到網路上去搜尋，到網路書店去訂購；然後翻開它們，不僅能帶我走進一個以前被我忽略的嶄新世界裡，而且能糾正我的偏頗，使我的眼界更開闊，知識更完備，心靈更自由。

醫者感悟

偶而去治癒，經常去減輕，總是去安慰

我年輕時候讀到一句名言：「To cure sometimes; to relieve often; to comfort always.」翻譯成中文是「偶而去治癒；經常去減輕；總是去安慰。」覺得它說得很有道理，一讀就銘印在心，難以忘懷。

後來才知道，它是二十世紀初年，長眠於紐約東北方撒拉納克湖畔的特魯多醫師的墓誌銘（另有一說，這句話是刻在為紀念他的克魯多研究所圖書館的牆壁上）。我覺得它不只是一個醫者的行醫感悟而已，更是一個智者給我們的人生箴言。

特魯多出身醫師世家，他在就讀哥倫比亞大學醫學院時，就不幸罹患了肺結核。當時，肺結核無藥可醫，可以說近乎絕症。在師友的建議下，他來到人煙稀少的撒拉納克湖畔靜養，或者說等待死亡。但清新的空氣與悠閒的鄉村生活讓他重獲生機，而得以回到城市完成醫學的學業，但他在城市裡行醫不久，就又舊疾復發，而不得不再回到撒拉納克湖畔療養。

一八七六年，特魯多舉家遷居到撒拉納克湖區，除了自我療養外，並在這裡行醫。一八八二年，他得知德國醫師霍爾曼在山中設立療養院，以清新空氣治癒肺結核病人，此一事蹟加上他自身的經歷，讓他深受啟發。於是在朋友的資助下，一八八四年，他在撒拉納克湖畔創建了美國第一家治療肺結核的療養院，開始收容、治療肺結核病人，同時進行跟肺結核相關的研究。

他在這裡幫助過無數病人，其中最有名的應該是寫過《金銀島》與《化身博士》等知名小說的英國作家史蒂文生。後來他更成立美國的第一個肺結核研究所，也是第一個在美國析離出結核菌的醫師。一九一五年，六十七歲的特魯多最終也死於結核病，但已經比當時醫學所預期的要活得久。

「偶而去治癒；經常去減輕；總是去安慰。」不管這句名言是刻在特魯多的墓碑上或是研究所圖書館的牆壁上，可以說是他多年診治肺結核病人的經驗總結，更是他長年陪伴肺結核病人所發出的肺腑之言。

特魯多還曾說：「醫學應該關注的是在病痛中掙扎、最需要精神關懷和治療的人，醫療技術自身的功能是有限的，它有賴在和病人溝通中所表現的人文關懷去彌補。」兩相對照，更顯出他是一個充滿人道主義精神的醫者。

在他那個時代，肺結核病人能獲得痊癒的機會不多，醫師所能做的通常只是以各種方法去減輕病人肉體上的痛苦，但最重要也最彌足珍貴的則是不要忘了永遠提供病人精神上的安慰與生存的希望。因為特魯多自己也罹患肺結核，也在和這種疾病戰鬥，他這段話聽在同病相憐的病人耳裡，就顯得特別溫暖與真切。

病人無不希望醫師能徹底治癒自己的疾病，完全恢復健康，但這只是「偶而」發生的事，一個醫師更應該了解到這點。有人說：「治病的是上帝，收錢的是醫師。」它也許說得太過分，但每個醫師都應該認清自己的角色，減輕病人肉體上的痛苦才是他「經常」可以做或在做的工作。而最重要或者說最基本的是，他隨時隨地「總是」可以、應該提供病人精神上的安慰與生存的希望。

「偶而」、「經常」與「總是」可以說是特魯多從自身經驗裡所體悟出來的醫師的三種境界或三種職責，它是超越時空的，因為每個時代都有讓群醫束手的頑疾，而死亡的悲痛更是永遠存在。

除了疾病，人生還有種種悲痛與苦難。在人生的悲痛與苦難之前，我們每個人都是「病人」，也都是自己和別人的「醫師」，從這個角度來看，「偶而去治癒；經常去減輕；總是去安慰」就顯得特別有意義。

「惻隱之心，人皆有之。」對於別人的悲痛與苦難，特別是親人、朋友、同事、鄰居等熟識者的悲痛與苦難，我們當然會感到不忍，但真正能讓他們完全「脫離苦海」的作法其實很少，甚至根本沒有；我們所能做的通常只是減輕他們的負擔，譬如幫忙處理他們必須處理但當下卻沒有心情去處理的事務，這樣多少能減輕他們的悲痛。而安慰他們，則是隨時都可以做的事，不只是言詞上的慰藉，其他像攜手、摟抱、單純的陪伴，甚至一個眼神、表情等，都能讓他們感受到我們的關心。

而在面對自己的悲痛與苦難，在當自己的「醫師」時，最能夠療癒悲痛、減輕苦難、帶來安慰的還是自己。很多悲痛與苦難是無法挽回、難以改變的，但我們總是能改變我們的觀念，改變我們對那些悲痛與苦難的看法，這樣才能帶來精神上的撫慰，讓我們減輕痛苦，從而走出悲痛與苦難，在自我療癒中展開新的人生。

所以，不管是對別人或自己的悲痛與苦難，「偶而去治癒；經常去減輕；總是去安慰」都是一帖充滿智慧的處方。

人間之適應
夜鶯與歌星，胡椒蛾和貪官污吏

「……你並非生而為死，不朽之禽／非饑荒的世代所能作賤／今夕匆匆我聆聽的鳴聲／帝王和村夫古來早能聽見／或許相同的歌聲曾經／也傷了露絲的心，只因念家／她在異國的麥田裡泣下／同樣的歌聲頻頻／迷住了魔窗，開向海上／向驚濤駭浪，向寂寞仙鄉……。」

讀余光中翻譯的濟慈《夜鶯頌》，餘音繚繞，讓人傾心神往，真想聽聽夜鶯的歌聲。當然，我是從未聽過，也從未看過夜鶯，不過從書上得知，果真看到了，可能會大失所望，因為夜鶯長得雖然不算醜，卻一點也不美麗。

為什麼長相平庸的夜鶯，能發出那麼悅耳動聽的歌聲呢？這其實是個「物競天擇，適者生存」的問題。

就像濟慈在詩中所說，夜鶯是生活在「朦朧林間的密葉裡」。生物學告訴我們，住在茂密樹林中的鳥類，為了繁衍後代而求偶時，聽覺訊息重於視覺訊息，所以牠們會以悅耳動聽的鳴聲來吸引異性，並非重點的羽毛及外型就顯得樸素、單調。夜鶯即屬於此類。反之，生活在較空曠場所的鳥類，譬如孔雀，則是以鮮豔的羽毛和外型來吸引異性，但也許是為了表示造物主的無私，牠們的鳴聲通常是單調、刺耳難聽的。

在只有收音機的傳播時代，很多知名歌星就像密林裡的夜鶯，單靠悅耳動聽的歌聲吸引聽眾即可，容貌如何其實並不重要。但到了電視傳播時代，歌星就必須色藝雙全，甚至色重於藝，才能得到觀眾的喜愛。如果其貌不揚又必須亮相，那只好靠化妝、美容，甚至整形手術來改善自己的容貌。事實上，很多歌星都這樣做，大家也都心知肚明。

歌星的這種生存策略，讓我想起金絲雀。金絲雀是現在最受人歡迎、色藝雙全的鳥類歌星，但金絲雀在其原產地（大西洋中的島嶼）也是其貌不揚的，牠們的羽毛是比麻雀更不起眼的黃褐色。不過在因為歌聲動聽而被歐洲人飼養成為觀賞鳥後，有心人士為了讓牠們「好看」，就透過配種和用特殊的飼料餵食來替牠們「整形」，如今已有乳白、金黃、豔紅、草綠等三十個不同羽色的品種，隻隻色藝雙全。當然，這種靠人工方法得到的「優點」，必須小心維護和保養，如果飼養不得法或疏忽，牠們的羽色在翌年換毛後就可能會轉淡，失去魅力。人類演藝界裡靠整形改善門面的藝人，也都存在著同樣的問題。

不只歌星，其他各行各業、甚至是各種文明產物，要想在「圈子裡」脫穎而出，就必須成為最能符合環境需求的「適者」。譬如百貨公司裡的泰迪熊之類的毛絨玩偶，雖然廠商製造的品項不一，但牠們進化的軌跡是熊偶的頭愈來愈大、身體愈來愈小，因為這樣才能讓消費者覺得可愛（讓人在下意識裡聯想到嬰兒，日本卡通哆啦A夢的造型即屬此類），而成為受歡迎的商品。

在人類社會，「物競天擇」的「天」指的是消費者、時尚等，而「適者」指的是最能符合消費者心理或時尚需求的人與商品，但他（它）們並不見得就是最優秀或最好的。其實，在生物界也有類似的狀況，有時候還會出現「劣幣驅逐良幣」的情形。

譬如蒼蠅是傑出的飛行昆蟲，沒有翅膀的蒼蠅就像沒有腿的人，幾乎是難以生存的。但在蓋爾格蓮群島，卻到處都是沒有翅膀的蒼蠅，會飛的蒼蠅反而難得一見。因為該群島經年狂風大作，有翅膀的蒼蠅一飛就立刻被風吹掉，反而不利於生存。但一生下就沒有翅膀的蒼蠅，原是不利於生存的，卻在在特殊的環境中反而成了「適者」，而得以大量繁殖，結果就劣幣驅逐了良幣。

當然，外在環境經常在變化，當環境改變時，誰是「適者」往往也就跟著改變。譬如英國有兩種胡椒蛾，一種體色較深，另一種體色較淺；在過去，深色蛾原本只占極小比例，因為牠們喜歡棲息的樹幹顏色較淺，在對比之下，很容易被天敵鳥類發現，而成為掠食對象，結果在數量上就不如淺色蛾。但在工業革命後，煤煙燻黑了樹幹，結果深色蛾和樹幹渾然成為一體，得到了掩護，數量變得愈來愈多。而原來占多數的淺色蛾，在汙濁的環境中反而變得特別醒目，成為鳥類掠食的對象，數量愈來愈少，而面臨滅種的危機。

不過在環保意識抬頭，環境汙染獲得改善，樹幹不再被燻黑，又恢復以前較淺的色澤後，深色蛾又變得醒目，開始被鳥類大量掠食，而再度淪為少數。

人類社會也正有類似的情形。譬如每個社會都有管人的官吏，而官吏又可分為兩種：貪官污吏與清官廉吏，差別只在於兩者的比例。如何讓貪官污吏受到懲罰，減少其數量，是每個有為社會努力的目標。從環境汙染和社會適應的角度來看，在風氣敗壞、汙濁的社會裡，貪官污吏就會得到掩護，有了生存優勢，因而能大量繁衍，想壓制他們就變得非常棘手；而潔身自愛、清清白白的清官廉吏，反而礙眼、惹人厭，愈來愈難以生存；為了求生存，有些人難免就跟著同流合汙，結果就產生「劣幣驅逐良幣」的情形。而想要從根本上扭轉這種局面，就要像英國兩種胡椒蛾數量的變化一樣，從改變社會風氣、道德生態著手，才是比較長遠而有效的辦法。

在談到社會進化時，我不喜歡「優勝劣敗」這個詞，因為它容易讓人誤以為在社會競爭中勝出的就是「優秀」的，而落敗的則是「低劣」的；其實，這裡的「優」指的只是「優勢」，生存上的優勢，也就是「適者」。

根據達爾文自己的說法：「能繼續生存的不是最強壯，也不是最聰明的物種，而是對改變做最佳反應的物種。」當然，更不是最善良的物種！而在人類社會的進化中，生存得最好的，也就是「對改變做最佳反應」的人，通常是隨波逐流的投機取巧者。

其實，達爾文早就提醒我們，不管是生物進化或社會進化，進化的軌跡並非讓生物或社會能愈來愈趨於「完美」，在生存的壓力下，也有可能會變得愈來愈「不完美」。這是我們在思考自己所置身的社會遠景時，應該放在心上的一個要點。

輯四——最後的魔法

我的煉咖啡術
在浸染中產生轉化的生命

第一次聽到咖啡，是從鄉下搬到城市，小學二年級的一堂畫圖課上。我想向隔壁同學借一支「牛糞色」的蠟筆，被他皺眉指正：「什麼牛糞？這叫做咖啡色，真是土包子！」在陌生而令人惶惑的都市，我羞赧地記住它那怪異的發音，並悄悄將它和在鄉下看慣的牛糞聯想在一起。

第一次看到咖啡，是在台中自由路的一家餐廳。每次從繁華的鬧區走回城市邊陲的寒傖住家時，總是看到「樓上雅座，咖啡西餐」畫有三縷輕煙的杯子及刀叉的店招牌。從對側路邊仰視，可以看到優雅的男女在喝著應該是咖啡的東西。我神情漠然，覺得那個世界遙遠得如同冥王星。

第一次喝咖啡，是到台北讀大學時，在新公園旁的老大昌西餐廳。我審慎地隨著識途老馬加糖、加奶精、攪拌、啜飲。雖然有點笨拙，卻立刻愛上它的香醇與濃郁。當天晚上，彷如喝了迷魂湯的我，躺在台大男生第七宿舍的床上輾轉反側，掉進了一個惑人的黑洞。

然後，像默默地喜歡大王椰下長髮飄逸的女孩，開始默默地喜歡上咖啡所代表的高雅和時尚。

於是，一點一滴地認識藍山、摩卡、維也納、曼特寧，就像一點一滴地認識齊克果、卡夫卡、佛洛伊德、梵谷。

終於，成了一個喜歡穿咖啡色襯衫的知識青年，在華燈初上時，流連於繁華的街市，和人在明星喝著藍山談論齊克果，在野人喝著摩卡謳歌卡夫卡，在天才喝著維也納吹捧佛洛伊德，在十八世紀喝著曼特寧緬懷梵谷。

我的心靈視窗在不知不覺間做了更迭。在原本標識著九張犁、五張犁、四張犁，讓人想起牛和牛糞的童年心靈地圖，已經悄悄讓位給西門町、國賓飯店和六福客棧，打開新的心靈地圖，總是看到亮麗的咖啡館和我光彩的身影。

畢業之後，在某個依然年輕的夜晚，中山北路的圓桌武士餐廳，與一名來自淡水的女子用餐後，我輕搖手中的咖啡，像個為尋找聖杯而漂泊的夢幻騎士，在她身前解轡下馬，向她低訴我的追尋與冒險，我的巨人與風車，然後提出誠摯的邀請。她的雙瞳在搖曳的燭影中閃現迷人的光芒，並決定與我策馬同行。

婚後，咖啡成了我和妻子的夢想催化劑。一九七八年，在中山北路的夢咖啡，人聲吵雜，咖啡沁心，我們決定以齊克果的寓言為名，成立野鵝出版社，出版自己寫的書。三年後，在衡陽路的棕櫚西餐廳，當咖啡甜點上桌後，我們又有了新計畫：創辦心靈雜誌，我負責寫稿，她負責美編。一九八七年，在金山南路的儂來西餐廳，我們一邊喝著咖啡，一邊暢言野鵝出版社的改弦更張，準備推出周邊文叢，解構文化與心靈，由周邊進入中心……。

不知不覺，就自己沖泡起咖啡來。在午後，在深夜，我一邊喝著咖啡一邊爬格子，以輕佻的熱情和繁瑣的賣弄，論伊底帕斯情結在中國的變調，談《白蛇傳》的分析心理學觀，解讀《周成過台灣》的深層結構。用我所習得的西方知識當工具，拆解那些我在童年和少年時代深深為之著迷的中國與台灣民間故事的紋理與虛幻。

像古代的煉金術士，我以不同品牌的咖啡和沖泡方式，浸染自己的生命，試圖讓它產生神祕的轉化。在不斷浸染後，我的生命似乎轉化了不少，已從一個懵懂無知的鄉下小孩，蛻變成習染西方品味的知識人。但也因酗咖啡而多了不少無眠的夜晚，膏肓之間隱隱作痛。

在深夜無眠時，我起而徘徊。我攬鏡自照，我對鏡猜疑，覺得自己好像失落了什麼。

有一次返回故鄉，忽地想起童年的我，在黃昏的泥土路上，好奇地用一根樹枝撥弄一坨牛糞的情景。記憶裡的嗅覺因而復甦，牛糞其實不臭，甚至還有一股芬芳的青草味。但牛糞已杳，泥土路已杳，故鄉已杳。所謂故鄉，也已產生神祕的轉化，看似高雅，卻讓我感到陌生。

在一陣模糊的感傷中，我看到一間咖啡店，於是進去點了一杯不加糖和牛奶的黑咖啡，讓它更接近牛糞色，因為心中忽然渴望一點苦，一點土。

但好景不常，也許是貪圖方便，沒多久我竟又墮落成喜歡喝三合一隨身包咖啡的糟老頭，而且一天要喝四五杯，咖啡只是名義，其實更像糖水。在三合一的浸染下，我的人慢慢變得虛胖，寫的文章也灌了愈來愈多的雞湯，試圖說服讀者甚至自己，人生並沒有我原先想像的那樣深奧。

兒女自美返台，發現我居然在喝三合一，直白說我真沒品！真正懂咖啡的人一定要喝原汁原味，想當個像樣的作家最好學學巴爾札克，自己去挑選咖啡豆，自己研磨、沖泡，才能品嘗出咖啡的香醇滋味，也才能寫出滿意的作品。

慚愧兼思有鴻鵠之將至，於是先去買了磨豆機、咖啡機，認真研讀跟咖啡豆相關的資訊，才知道咖啡豆不只有產地之別，還可分阿拉比卡和羅布斯塔兩大類，又依烘烤時間而有淺培、中培、深培之分，而有不同的酸度、香氣、醇度、餘味和咖啡因含量。

選好了咖啡豆，還要自己研磨和沖泡，研磨的時間和力道、加水的多寡也是一門學問。雖然費時，但就在這種親自動手的磨煉中，看著咖啡豆因自己的調理而散發出來的陣陣香醇，入鼻沁心，方體會這才是真正的「煉咖啡」。以前用罐裝的咖啡粉加水、加糖和奶精的沖泡法，根本就是魚目混珠。

在自己磨豆子沖泡後，很自然地就不想再加糖、牛奶或其他香料，唯有如此，才能品嘗各種咖啡豆不同的果酸、苦味、香醇、回甘的滋味，也才了解兒女為什麼會說我「沒品」。在如此這般的「煉咖啡」後，我的寫作也愈來愈像是在「煮字」，它需要耐心與火候。古人「煮字療飢」，我「煮字」主要是想滿足自己心靈的飢渴。

自從自己在家磨豆子泡咖啡後，現在即使到外頭，也都改喝黑咖啡，沒再加過一顆糖、一滴牛奶。我的生命終於產生了另一種轉化，變得愈來愈簡單與純粹。

最近，如果到宜蘭，我都會到礁溪的白鵝山谷咖啡學園，向主人張先生購買藝伎咖啡豆。在此處買了一千坪土地，種植兩百多株咖啡樹的他，每天一早就從台北搭車來此烘培咖啡豆，而九點就到的我們，正可以和他及來此幫忙的在地農民在咖啡樹下，一邊喝著他提供的免費「奉咖啡」，一邊閒話桑麻，覺得很順心，也很接地氣。

想起以前和人在明星喝著藍山談論齊克果，在野人喝著摩卡謳歌卡夫卡，在天才喝著維也納吹捧佛洛伊德……恍如隔世。

當靈魂和肉體發生齟齬
魂不守舍

人生有很多問題都被認為理所當然，但卻又沒有被認真對待，譬如肉體與靈魂。我想多數人都會認為自己是一個同時擁有肉體和靈魂的人，但又有幾個人認真去思考過：自己的肉體和靈魂存在著什麼樣的關係？相處得好不好？又要如何去面對呢？

當我認真去思考這個問題後，我才發現我的肉體和靈魂兩者的關係並不是很和諧，它們經常各有主張，並因而發生齟齬。有時候，肉體興致勃勃地想做某件事，靈魂卻期期以為不可，拼命扯後腿；等到靈魂興高采烈地想做另一件事時，肉體卻又不聽使喚，欲振乏力。

有人說：「良心是靈魂的聲音，欲望是肉體的聲音。」它讓我明白，靈魂與肉體最常發生的齟齬，其實也就是良心與欲望的衝突，它們是彼此矛盾、互相限制的。但如果想做個像樣的人，難免就會如此。

靈魂因肉體而無法遂其所願，肉體也因靈魂而難以暢其所欲；我的良心將欲望限制在某個範圍內；反過來，我的欲望也將良心限制在另一個範圍內。問題是要找到一個合適的範圍，讓我的靈魂與肉體都感到滿意、良心與欲望能相擁而眠並不是一件容易的事。

靈魂與肉體還經常各領風騷。年輕時候，我的肉體強健，靈魂單薄，當時認為自己是一副擁有靈魂的肉體；當肉體與靈魂發生齟齬時，總是由肉體當領導，對靈魂說：「你必須，而且也只能依附我，就像光明依附太陽。」如今年紀大了，肉體日漸衰微，靈魂益形豐華，而慢慢相信自己是一縷擁有肉體的靈魂；當肉體與靈魂發生齟齬時，改由靈魂當領導，對肉體說：「你就稍稍歇會兒，好好調養吧！不要急著離開，不然我也會沒戲唱。」

「魂不守舍」，是我從過去到現在就一直存在的一個問題。靈魂和肉體脫了鉤，而讓自己感到失落、空虛和不安。我想很多人都有這樣的經驗，而南美洲的印地安人對此似乎有獨特的認識，我曾經看到一則報導說：

一位考古學家千里迢迢到南美洲的叢林中，尋找古印加帝國的文明遺跡。他雇用了幾個印地安土著做嚮導及挑夫，土著的腳力驚人，儘管背負笨重的行李，依然健步如飛。沿路總是考古學家先喊需要休息，大家才停下來。

到了第四天，考古學家一早醒來，簡單漱洗後，準備上路時，卻發現土著都坐在帳篷邊，悠閒地抽著菸，沒有要走的意思。溝通之後才知道，原來根據印地安人的古老習俗：在趕路時，每快走三天，便需要休息一天。

這樣不是反而慢了下來嗎？考古學家好奇而又不解地詢問這個習俗的來源與用意。嚮導意味深長地回答說：「那是為了讓我們的靈魂能即時趕上我們走得太快的身體。」

這個習俗因地區而略有差異，有的是三天，有的是七天，有的是每走一段路，就要休息一段時間。總之，不管做什麼事都不能馬不停蹄，都需要休息。但對當地的印第安人來說，休息不是「為了走更長的路」，而是為了「讓落後的靈魂跟上來」，兩者的意義完全不一樣。

靈魂為什麼會落在後頭？也許是在欣賞沿途的美景，也許是在思考此行的目的或根本不想走上這條路，也許是在對走得太快的身體提出抗議……。如果身體一意孤行，不等待靈魂來跟他會合，那麼終將成為失魂落魄的行屍走肉。雖然到達了目的地，得到想要的東西，但卻有著說不出的空虛、迷惘、失落。

我覺得印地安人的這個設計很有意思，很值得學習。所以每當我感覺到有與時具增的空虛、迷惘、失落時，我就知道可能是我的肉體走得太快了，把靈魂丟在我所來的路上，他正急著在找我，但卻迷路了；或者蹲在路邊鬧憋扭，不想走這條路。總之，在這個時候，我就要停下腳步，坐下來休息，等待靈魂跟上來；或者乾脆回過頭去，找回我失落的靈魂。

但有時候，「魂不守舍」也可能是肉體疲憊不堪、奄奄一息，而讓靈魂離它而去；就像意識不清的瀕死病人在接受急救時，會覺得自己「靈魂出竅」，飄浮到天花板上，看著已如行屍走肉的自己。而當醫護人員搶救成功，恢復意識，感覺出竅的靈魂又回來，與肉體合而為一，他才有獲得重生的欣慰。

這也是一個不錯的隱喻。當我的肉體變得麻木無感、毫無生機、如同行屍走肉時，靈魂想離他而去，走自己的路，也無可厚非。但沒有肉體相隨，失去了依靠，靈魂也走不遠，很快就會化為一縷輕煙。所以，此時最理想的情況還是督促肉體要自我振作，恢復蓬勃的生機，好讓我的靈魂回過頭來，與肉體合一，再向秋風舞一回。

對我來說，理想的人生就是讓我的良心和欲望都感到滿意，靈魂與肉體能相擁而眠，不再同床異夢、分房睡，甚至分地睡。

仁・慈悲・齊物
無差別觀裡的差別

我在撰寫《莊子陪你走紅塵》，特別是在談到莊子的齊物論時，很自然地想到佛家的慈悲，還有儒家的仁，這三者有很大的交集，但也有些差異。當時我並沒有多談，以免治絲益棼，今天忽然又起心動念，就來和大家分享我對它們的一些簡單看法：

佛教的《大智度論》說：「慈名愛念眾生，常求安穩樂事以饒益之。悲名愍念眾生，受五道中種種身苦心苦。」又說：「大慈與一切眾生樂，大悲拔一切眾生苦。」儒家的「人飢己飢，人溺己溺」、「獨樂樂不如眾樂樂」，也是希望天下蒼生都能離苦得樂。我以為仁近乎慈悲，但對象不太一樣，儒家的蒼生指的通常是人類，而佛家的眾生則泛指所有生靈，但可能不包括植物。

無差別是慈悲與仁的重要基礎，但很難面面俱到。所謂「離苦得樂」，其實就是對苦和樂產生了差別心。莊子的齊物涵蓋的層面則更寬廣，不只眾生，其他像各種情緒（苦樂）、器物（大小）、觀念（智愚）等也都包括在內，物無貴賤，都一視同仁。當然，這種齊物主要是思維上的，而仁與慈悲則主要是情感上的。

不管慈悲或仁，都需要智慧。有一個佛教故事說：河邊一位禪師，伸手將在河裡掙扎的蠍子撈上岸，手被蠍子的毒刺螫得腫起來。如此反覆三次，手被螫得更腫。旁邊的漁父看了，好奇問：「一再被螫，為何還救？」禪師答：「螫人是蠍子的本性，慈悲是我的本性。我的本性不會因為牠的本性而改變。」當蠍子又掉進河裡，禪師再度伸出腫脹的手時，漁父適時遞給他一根枯枝，讓禪師用它救起蠍子。漁父說：「慈悲是對的，但既要慈悲蠍子，也要慈悲自己。慈悲需要智慧和方法。」

我有一個朋友篤信佛教，但也買賣股票，而且頗有斬獲。問他操作祕訣，他竟回答說：「以慈悲心做股票。」然後和藹解釋：「當行情往下走時，很多人急著要出脫持股卻賣不出去，我就慈悲為懷，進場承接，『拔其苦』。等到行情往上走，很多人想買卻買不到，我又慈悲為懷，進場出售，『供其樂』。結果就因此而賺了一些。」

這也是一種慈悲的智慧，讓我想起孔子所說的：「仁者安仁，知者利仁。」對人對事以仁為出發點，不僅可讓人安心（仁者安仁）；而智者更受益於仁的行為（知者利仁），當然，這不是說智者會表現出仁的行為是因為想從中得到好處，而是他判斷發揮出於本性的仁，能讓自己、他人、社會都更安和樂利，更享有仁的好處。

但慈悲與仁還是有所不同。在電影《一輪明月》裡，雪子對剃髮出家成為弘一法師的丈夫李叔同悲喊：「你慈悲對世人，為何獨獨傷我？」在這個因緣裡，弘一強調的是佛家的捨，為了更廣大的眾生而放下妻子和自己的過去。但雪子的質問，也是大家都能夠理解的，因為她彰顯了儒家所重視的無傷，不要為了對芸芸眾生發揮慈悲心，卻傷害了跟你關係更密切的人。

儒家的無傷與重視人倫，似乎顯得放不下，比起佛家的捨身餵虎，境界也差了一大截。但今天發慈悲心，捨身去救活一對老虎母子，何嘗不是在為來日害得數百隻鹿羊慘死虎爪種下禍因？所謂「慈悲多禍害，方便出下流」，慈悲不應該只是當下的感性反應，還需有深廣的理性考慮，始能圓滿。

多年前，我曾看到一群人在餐廳吃完炒豆苗等菜餚後，精神抖擻地去參加營救雛妓的遊行。嫖雛妓是人神共憤的惡劣行為，當然必須受到譴責與懲罰。但如果認為嫖雛妓是摧殘民族幼苗，那吃炒豆苗吃的又是什麼呢？不也是植物的幼苗嗎？吃了炒豆苗後去譴責嫖雛妓，是不是存在著某種讓人感到美中不足的差別觀？

但如果什麼都無差別，那我們又何必分什麼好人、壞人？對好人與壞人，我們還是需要給予不同的評價。所以，我以為，慈悲或仁，是一種從無差別出發後，所得到的差別觀。

人類學家坎伯說：「人生旅程的目的在於慈悲，當你超越了各式各樣的對立，你便達到慈悲的境界。」會讓我們產生差別、對立的不只是人、眾生，還包括各種事、物、時間、觀念等等。我以為，莊子的齊物論正可以消彌各種對立，讓我們在思想上達到更高的境界。

我以前若是早起，都會在漱洗完後就坐到桌前寫作，但後來則多半是和妻子一起去爬山。這種改變就是受到莊子的影響，他讓我打破了我對時間和事物的差別觀：

以前一直認為「一日之計在於晨」，所以應該利用清晨的寶貴時光做最有價值的事情，對我來說就是寫作。但後來才驚覺，我對時間和事物的看法都太「不慈悲」了！下午的一分鐘何曾比清晨的一分鐘更少或更沒有價值？登山健身又為什麼會比寫作勞心更無趣、更沒有意義？

就是因為對時間有差別觀，才會讓很多人在過了中午、邁入中年後，就感到鬱悶不樂的最大原因。因為它讓人覺得一天和人生中最美好、最有價值的時光已經一去不回了。也因為對所做的事有差別觀，才會讓很多人對洗碗這種小事感到厭煩，因為他們想要去做拯救人類這種大事。

如果我們能發揮莊子的齊物論，不要再對時間和事物有僵化的差別觀，重新認知晚上和清晨的時光同樣可貴，老年歲月與青春年華同樣迷人，爬山與寫作同樣有意義，洗碗和拯救人類都很有趣，那才是對時間與事物真正的慈悲與珍惜，而且讓我們的人生增加不少情趣，產生更多意義，這也才是對自己生命真正的慈悲與珍惜。

在二十世紀的兩大心理學派中，我以前一直偏好精神分析而不喜歡行為主義。因為行為主義讓我想到制約、獎勵與懲罰、《一九八四》、狗和鴿子、行為操控技術等，繁瑣、無趣，而且有點泯滅人性。但後來看到行為主義健將史金納的辯解：他說行為主義主張人是遺傳基因和環境制約下的產物，其實是為了帶來寬諒，也是一種慈悲的觀點。

世人不僅應該寬諒地將他人的過錯歸諸於遺傳及環境史（當然不是就這樣放任不管），而且應該謙卑地將自己的成就歸諸於同樣的根源。這才是真正的眾生平等、無差別，也是真正的慈悲；而行為主義就是要慈悲地為遺傳與環境的束縛鬆綁。史金納還自嘲說，他早就放棄被稱為偉大思想家的所有機會，因為他將他在此塵世的作為，跟一個人為什麼會成為麵攤老闆一樣，歸諸於遺傳及環境史，而不是什麼神祕的、誘人的、空幻的自我意志與個人美德。

看了這些，我才了解以前對行為主義的看法太過偏頗，一點也不慈悲；因而也改以比較齊物的觀點來看行為主義、精神分析和其他學說，不想再為它們分高下，轉而認為它們都各有所長、對人類各有貢獻。

就消彌差別與對立來說，現在的我的確是比較欣賞、喜歡莊子的齊物論，但這豈非又是一種差別觀？忽然想到，莊子在〈齊物論〉說：只能在小樹叢裡飛來跳去的斑鳩揶揄振翅飛往南海的大鵬，是「燕雀安知鴻鵠之志」？但只能當燕雀有什麼不好？有什麼錯？要牠們不能安於做林中鳥，也立志飛往南海，那不是太強人所難？太不仁、太不慈悲、也太不齊物了嗎？

所以，說到底，我覺得儒家提倡仁，卻總是不夠仁；佛家要慈悲，卻總還不夠慈悲；莊子說齊物，也還是不夠齊物。但我不是故意在找碴，而是終於明白，在這個塵世並沒有「無差別」這回事，只有從「無差別」出發，但最後得到屬於自己的「差別」結論。

這不僅正常，而且毋寧還是件好事。當然，這也是來自我的差別心。

工作之芯
我的蒙娜麗莎，我的 iPhone

我被問過很多次：「為什麼你好好的醫師不當，卻要去當個作家？」這當然是說來話長，原因也大小都有，但有一點很重要，那就是我對工作的看法。我會以寫作為業，除了興趣外，還牽涉到工作對我所代表的價值和意義。簡單講，工作，就是在向世界宣告，我是一個什麼樣的人。

醫師雖然是一個很好的職業，但如果我去當醫師，表現大概是平平庸庸，也許只能是個三流的醫師。但我當作家，表現雖然也不是出色，但應該可以稱得上是二流的作家。我覺得二流的作家勝過三流的醫師，這也是我對工作的基本看法。我不太認同「職業無貴賤」這種漂亮話，但我相信「行行出狀元」，每種職業都有一流、二流、三流、不入流之分，端看你在工作崗位上的表現。我覺得一流的廚師勝過二流的作家、三流的醫師和不入流的市長。不同的職業看似有貴賤之別，但也都各有其尊嚴與榮譽。

我的寫作除了用以謀生，還有下面幾個意義：一、它是我生命追尋與探索的途徑，我透過寫作來認識自己與世界，這屬於知性的活動。二、它是我抒發胸中塊壘、自我表達的媒介，這屬於感性的活動。三、它是我服務與奉獻的方式，希望有讀者能因看了我寫的東西而受到啟發，有所提昇。

醫師的工作自有其尊榮，但除非他自創一種獨門祕技，否則他開的藥都是藥廠提供的，他用的療法都是教科書和老師教的；他做的別的醫師也可以做，換句話說，他的工作和角色其實是可以被取代的。但我寫一篇文章，除非我是抄人家的，否則即使寫得再爛，只要我不寫，世界上就不會有這樣一篇文章；也就是說，我的工作是獨一無二、不可被取代的。這也是我賦予我的寫作特殊的價值和意義。

每個人都應該賦予自己的工作價值和意義。有人也許會說，你這同樣是一句不能當真的漂亮話。當然有可能，但且聽我說個故事：

羅馬街邊正在興建一座大教堂，幾個石匠在工地裡敲打石塊。學者阿薩喬伊走過去和他們攀談，問他們對工作的看法。石匠甲一臉沮喪說：「我每天都在重複這種單調又吃力的工作，看來是要幹一輩子了。」石匠乙露出笑容說：「這件工作讓我能養家活口，看到家人衣食無憂，再怎麼辛苦也值得。」石匠丙則一臉興奮地說：「工作雖辛苦，但一想到自己居然能參與建造大教堂這個神聖的任務，我就感到無比榮幸。」

沒有無趣的工作，只有無趣的人。沒有卑微的工作，只有卑微的觀點。同樣一件工作，你可以愁眉苦臉地做，也可以興高采烈地做。不管看起來多麼卑微而無趣的工作，都有人賦予它特殊的意義和價值。

我住家附近有家燒餅油條店，因為好吃，老闆手腳俐落，熱情誠懇，排隊的人很多，我也經常去光顧。某天，聽到一個婦人在付錢時，對老闆說：「我兒子和女兒都說吃了你們的燒餅油條後，精神變得很好！」老闆露出得意的笑容，說：「祝他們考試第一名！」

學生在吃了他的燒餅油條後，精神奕奕，認真學習，以後成了什麼偉大的發明家；上班族吃了他的燒餅油條後，活力充沛，努力工作，讓公司榮登台灣一百強；這裡面都有他的功勞。

每一種工作，只要認真去做，用心去想，都是在對他人、社會或歷史做出貢獻。只要有這種自我肯定，每個人就都能從自己的工作中獲得成就感，工作得更愉快、也更有熱情。

有的人經常換工作。我有一個親戚，沒考上大學後就進入職場，但每個工作都待了兩三年就離職，當時覺得他真沒有定性。後來他三十出頭就成立了一家貿易公司，做得有聲有色。有一次聚會，他才向我坦承：在沒考上大學後，他就決定將來要自己做生意，他去每家公司上班，目的都是想學做生意的各種訣竅。這家公司學得差不多了，就換到另一家不一樣的公司，改學新的東西。這些不同的學習經驗，就成了他後來自己開公司時最大的資產。

工作，除了能讓你得到什麼外，更重要的是能讓你學到什麼，能給你什麼未來性。人生只有一次，聰明人以自己的人生規畫來決定從事什麼工作，而不是讓人生去遷就他所做的工作。

「你是要繼續賣更多糖水給小孩子呢，還是要改變全世界？」一九八三年，賈伯斯用這句話打動了史考利，讓他辭去百事可樂總裁的職務，到蘋果電腦當執行長。這的確是一句非常能打動人心的說詞，對一個幸運而又有抱負的人來說，工作真正的魅力不在薪資或地位，而在它是否能提供你夢想、挑戰和榮譽。

但從事的如果只是尋常的工作，談什麼偉大的抱負不是痴人說夢嗎？日本經營之神松下幸之助說了一個讓我動容的故事：札幌一個眼鏡行的老闆先是寫信給他，說從雜誌上看到他戴的眼鏡不好看，希望能為他配一副更好的眼鏡。松下出差到札幌時，眼鏡行老闆看到新聞，又立刻到飯店求見，誠懇邀他到店裡驗光和挑選眼鏡。

松下來到眼鏡行，卻發現門庭若市，老闆更是忙得不可開交。在好不容易配好一副雙方都滿意的眼鏡後，松下好奇問老闆：「您的生意這麼繁忙，卻想要為我配眼鏡，應該不是為了宣傳，那到底為什麼呢？」老闆笑著說：「因為您經常出國，假如戴著那副眼鏡出國，外國人會誤以為日本沒有好的眼鏡行。為了避免日本受到這種低估，所以我才寫信給您。」

松下說，這是他平生所遇最讓他感到敬佩的工作態度和抱負。不管做什麼工作，除了要有服務的觀念，讓顧客感到滿意外；更要有榮譽感，讓別人、本國人、外國人、別的國家為你的工作表現豎起大拇指，為你自己、你的行業、你的家族、你的國家掙得榮譽、尊嚴和尊敬。

祖可夫這位俄國廚師，也是我佩服的一位工作者。他長期擔任克里姆林宮的主廚，但讓我刮目相看的不是他的角色，而是他把自己視為藝術家，把他的烹飪工作當作一種藝術創作。為了創新達到自己美學要求的新菜色，經常耗費很多時間和心力去嘗試，但他卻樂此不疲。有一次，他把自己很滿意的一道佳餚——鑲有培根和李子的烤火雞，命名為《蒙娜麗莎》，因為他不僅將它視為一件藝術作品，而且認為是他的登峰造極之作，可以媲美達文西的《蒙娜麗莎》。他，以烹飪界的達文西自期。

當我決定以寫作為業時，曾經夢想要寫出偉大而深刻的作品，但過了中年後，雖然也寫了不少東西，卻覺得自己的表現跟當初的理想差得太遠，難免有些挫折。不過也很快警覺到這其實是在跟自己過不去，只要我的價值觀和意義感不變，那麼我應該改變的不是我的工作，而是我工作的心情。不要再想當什麼達文西或賈伯斯，但應該把我的工作視為我要描繪的蒙娜麗莎、我要推出的iPhone，認真地做、愉快地做，那就是我在人間的一大美事與樂事。

鑑眞東渡
他因何踏上坎坷的泥濘路

在新冠肺炎流行期間，日本捐贈給武漢不少物資，捐資箱上除了「中國加油」外，更有「山川異域，風月同天」八個漢字，讓人覺得箇中似乎有深刻的含意。它的確含意深遠，因為那是一千三百年前，日本送給唐朝一千件袈裟上所綉「山川異域，風月同天，寄諸佛子，共結來緣」偈語的前半段。

因為這個因緣，而引出鑑真和尚東渡日本弘揚佛法的歷史佳話，同時也讓我想起三十年前，去參觀揚州大明寺時的一次特殊經驗：我在大明寺內遇到一團日本遊客，他們臉上流露出來的肅穆神情讓我動容，一點也不像尋常的觀光客。我直覺地認為，那應該是他們依然沐浴在鑑真和尚返照的佛光中。

鑑真是唐代高僧，曾是大明寺的方丈，但他在日本可能比中國有名，因為他應日本留學僧之邀，東渡日本弘揚佛法，而成為日本律宗的開山祖師；並被日本天皇封為「大僧都」，統領日本所有僧尼，建立正規的戒律制度。

後來他住持奈良的唐招提寺，該寺遂成為日本佛教的最高學府；公元七六三年，七十六歲的鑑真和尚圓寂於此寺。在入滅之前，弟子為鑑真膜影，塑為漆像。一九八〇年，唐招提寺的住持森本孝順奉承鑑真漆像「回鄉探親」，揚州大明寺也因此機緣而得以重修。我們看到的大明寺煥然一新，即是來自這個因緣。

鑑真是揚州人，十四歲入揚州大雲寺為沙彌，二十二歲到長安，在弘景律師門下學習南山律宗，二十八歲回揚州大明寺修行，四十六歲為大明寺方丈。九年後（公元七四二年），日本留學僧帶著千件袈裟來到揚州大明寺，懇請高僧能到日本去傳授「真正的佛教」。因為當時日本經歷了「大化改新」，社會動盪，很多人為了逃避賦稅和徭役，而逃到寺廟裡當和尚。日本天皇（長屋王）決心整頓佛教，所以日本的留學僧就來到了重視佛教戒律的大明寺。

但當日本留學僧說明來意後，大明寺眾僧卻「默然無應」，只有鑑真被他們的誠意所感，表示「是為法事也，何惜身命」。不過鑑真為了弘揚真佛教而東渡日本，比起玄奘為求真佛法而西去印度取經，其艱辛與坎坷可能有過之而無不及。

公元七四二年冬天，首次準備東渡，但在造船時即遭誣告與海盜勾結而被捕，後雖獲釋，東渡也不了了之。兩年後第二次東渡，行至長江口即遇風浪而沉船，修復再出發，又被風浪漂至舟山群島，五日後方獲救，被送至寧波。在寧波一帶巡迴講法一段時間後，準備第三次東渡，日本留學僧又遭誣告入獄。接下來，他決定改到福州買船出海，但剛走到溫州，就又被官府攔截，押回揚州，第四次東渡再度受阻。

公元七四八年，在周全的準備及等待後第五次東渡，船在東海上卻遭遇強勁北風吹襲，而在海上漂流十多天，被漂到海南島的三亞，一行人在海南島待了一年，然後北返，沿途經過桂林、廣州、韶州等地，雖然受到歡迎，但卻也因水土不服、旅途勞頓，又被庸醫所誤而導致失明，但他依然誓言「不至日本國，本願不遂」。

直到公元七五三年，已經被官府禁止出海的鑑真，祕密乘船到蘇州，轉搭日本遣唐使的官船，才有驚無險地抵達日本薩摩，了卻他在十二年中飽受折騰的心願，也為佛教及漢文化在日本的傳播立下了不朽的功績。

鑑真的東渡日本，風波不斷、備極艱辛，但若問他因何會踏上這條坎坷的泥濘路，即使雙目失明，依然要遂本願？我想除了被「山川異域，風月同天，寄諸佛子，共結來緣」的偈語感動外，可能也跟他年輕時候的一次經驗有關：

當他還在大雲寺當行腳僧時，需要天天出去化緣，有一天日上三竿了，他卻賴在床上，住持來到他房間，問他為何還在睡覺？鑑真指著床邊的一堆草鞋說，他出家當和尚，每天去行腳化緣，不知穿破了多少草鞋，他今天不想再外出。住持聽出他的牢騷，於是邀他到戶外走走。

寺外有一段黃土坡，因為昨夜大雨而泥濘一片。住持問他有沒有走過這條路？鑑真回答每天出去回來都走這條路，不知走了幾百千遍。

住持再問：「那你走過的足跡在哪裡？」鑑真回答：「這條路本來乾乾硬硬的，哪能找到自己的腳印。」

住持於是拉著他在泥濘路上來回走了一遍，然後回頭看看兩人在泥濘地裡的腳印，說：「只有走在泥濘的路上，才能讓你留下足跡。一般人喜歡走又乾硬又平坦的路，就什麼也沒有留下。」

我想這次經驗和住持對他的點化，一定在他心中留下不滅的印記。鑑真東渡日本，走的就是這樣一條坎坷的泥濘之路，結果讓他留下清晰而令人感懷的足跡。「山川異域，風月同天」，感人的故事，穿越不同的時空，依然感人。

心中的小孩
找回那個被忘記的我

我的抽屜裡有一張童年的照片，他是我心中的小孩。昨天，我打開抽屜，拿出照片，輕撫他的臉頰。恍惚之間，我們已渡過了時間之河，坐在從南投返回台中的台糖小火車上。他伏在窗邊，望著窗外不住流轉的綠野，轉身對我微笑，清澈的眼眸裡閃現著純真的夢想。

我跟他訴說別後的人生。但他推開我的手，開始在車廂裡奔跑。然後，忽然就跑到窗外的稻田裡，站在那裡看著我，臉上的表情是那麼若有所思或者若有所失。火車急速前行，我們愈離愈遠……，他是否對我即將前往的地方、就要變成的模樣不以為然，甚至感到失望呢？

每當我為要事或瑣事而煩悶時，只要拿出這張照片，靜靜地和童年的我對晤，那麼在他的引領下，我很快就能找到回去的路，回到童年的國度。不只是在重溫舊夢中，恢復單純而清淨的初心，更可以提醒自己，在這濁世裡浮沉的我，是否失去了當年善良真樸的「赤子之心」？

看過一則報導：美國某個鄉村，一位年輕的媽媽在進屋後，發現她的小寶貝安靜地坐著，張大眼睛好奇地看著離他不遠處盤旋於地的一條毒蛇。年輕媽媽嚇出一身冷汗，連忙抱起嬰兒往後退，而那條毒蛇則昂然抬起頭來，作勢欲撲，但隨即又快速溜走。

這讓我想起《老子》裡的一段話：「含德之厚，比於赤子。毒蟲不螫，猛獸不據，攫鳥不搏。」因為嬰兒無知無識，還沒有愛憎、攻防的差別心，他自然質樸、天真無邪地看待毒蛇，毒蛇也就沒有防他傷他之意。上則報導也許只是罕見特例，卻也值得思考：我們在有了見識、為私欲算計、變得世故後，是否失去了某些可貴的東西，而開始害怕毒蛇猛獸，也讓毒蛇猛獸害怕呢？

我曾寫過一個愛情極短篇：一對戀人和某中年婦人閒聊。女戀人說：「如果不是為了小孩，也許我們早就分手了。」中年婦人驚問：「什麼？你們有了小孩！我怎麼不知道？」男戀人笑著解釋：「不是妳想的那種小孩，而是我們心中的小孩。每當我們世故地考慮到各種現實問題，覺得不如就此分手時，我們心中的小孩總是依戀著對方，結果又讓我們笑逐顏開，和好如初。」

希臘神話裡的愛神丘比特經常以嬰兒或小孩的造型出現，因為被愛情之箭射中的人，會變得像小孩般天真、純潔，以「我的小甜甜」、「你的小乖乖」這類小名稱呼對方或自己，將複雜險惡的世界和思慮屏除在外，活在親密、互相依戀而幸福的兩人天地裡，那也是愛情中最讓人懷念的一段時光。

我們小時候曾有過什麼心思，很多都已經「被忘記」。一位老師在對幼稚園的小朋友說完華盛頓小時候砍倒櫻桃樹的故事後，接著問：「各位小朋友，誰知道華盛頓的爸爸為什麼會原諒他？」有個小朋友立刻舉手，搶著回答說：「因為華盛頓的手上還拿著斧頭！」同學聽了都哈哈大笑，老師搖搖頭，嚴肅地說：「不對！不對！爸爸會原諒他，因為華盛頓是個誠實的小孩。」他搔搔頭，不好意思地看了老師一眼，默默坐下來。

這個小孩說的其實也沒錯，如果爸爸不原諒華盛頓，反而罵他甚至打他，華盛頓控制不住，說不定就會拿著手上的斧頭亂揮亂砍，那多危險啊！「因為華盛頓的手上還拿著斧頭」的想法單純、活潑而又直接，但卻不被社會所認可。我們都曾經是這樣的小孩，有過很多單純、活潑而又直接的心思，但卻有人皺眉說這個不對、那個也不對，最後只剩下「因為華盛頓是個誠實的小孩」這個答案，於是我們有了教養，但也失去了活潑的純真。

在看了《小飛俠彼得潘》的電影後，心有戚戚，覺得它喚醒了自己小時候彷彿有過的夢想：像彼得潘一樣充滿好奇心和神祕的想像力，在夢幻島上成為所有遺失小孩的首領，帶領他們不斷冒險，遇見各種傳奇人物，永遠飛翔於夢幻的國度裡，不必長大。如果能這樣，那該有多好？

諾貝爾物理獎得主瑞比說：「我覺得物理學家是人類中的彼得潘，他們永遠長不大，永遠保持好奇心。」畫家畢卡索也說：「每個小孩都是藝術家，問題是長大後如何繼續當藝術家。」這的確是個大問題，因為「長大」經常讓我們變了樣。

但如果一個人在邁入成年後，卻還想繼續當小孩，天真、任性、只喜歡熱鬧和玩樂，不想工作、不想負責任、不想面對殘酷的現實世界，拒絕長大，那就患了心理學所說的「彼得潘症候群」，反成為社會上的麻煩人物。

我早就長大，已經是個成熟的大人，也一再警惕自己不能像小孩般任性，為社會和他人製造麻煩。但大人當久了，我也記得在為要事或瑣事煩悶時，就要拿出抽屜裡的童年照片，和我心中的小孩交談。然後在他的帶領下，回到小時候的夢幻島，重溫當年天真與純潔的心情，重燃昔日好奇與探索的渴望。

美人含怒奪燈去
袁枚的詩，卡夫卡的情

寒夜讀書忘卻眠，錦衣香盡爐無煙。
美人含怒奪燈去，問君知是幾更天？

這首《寒夜》詩，出自乾隆年間的才子袁枚之手，描寫一個男人看書看得入迷，到了深夜還因貪讀而慢待、冷落了愛侶，而讓孤枕難眠的美人起來，怒氣沖沖地奪燈、問罪。

袁枚將一個男人的智愛與情愛產生微妙衝突時的情景刻劃得有聲有色，想來應該是他的經驗談。雖未交代後話，但在美人奪燈、問罪之後，似乎只有放下書本，乖乖隨她上床安寢一途，也許還要加上道歉、賠罪。

我學生時代有大半時間獨居，夜裡經常躺在床上看書或孤燈下寫作，有時一直耗到東方之既白才睡覺。當時孤家寡人，愛怎麼做就怎麼做。

結婚後，過了一段正常的生活，舊疾慢慢復發，又開始在夜深無眠時，打開我這邊的床頭燈看書，但已不像昔日那樣自在。在發現身邊的妻子因燈光而輾轉反側時，覺得她受到了打擾，我就會懷著歉意自行放下書本，關燈。

在有了自己的書房後，夜裡我改在書房看書、寫作或上網，經常得其所哉而忘時，直到早睡的妻子忽然出現在書房門口，面露莊嚴寶相，提醒我「早點休息吧！」我才驚覺已經凌晨兩三點，於是趕快關燈起身，回臥房睡覺。

因為自己有過這些經驗，雖然沒有像袁枚所說的那樣羅曼蒂克，但對他所描述的情景，也就有著比一般人較深刻的體會。

在知道小說家卡夫卡在寫給他未婚妻菲莉絲的情書裡，竟然也提到袁枚的這首詩（德文翻譯）時，我對我喜歡的卡夫卡也多了一些認識和感觸。

雖然卡夫卡的用意是在勸菲莉絲不要熬夜回他的信（深夜寫情書正是最情深意重的

呀），但似乎也是在說自己，因為他幾乎每天晚上都在熬夜寫作；他甚至對菲莉絲表白，這是他在她面前唯一可以感到「自豪」的事。

菲莉絲當然知道卡夫卡在深夜寫作，她還說當卡夫卡寫作時，她很希望能夠在身邊陪他（一點也不會有「美人含怒奪燈去」的問題）。但卡夫卡卻立刻委婉地拒絕了此一甜蜜的表白，因為他寫作時需要孤獨，讓他苦惱的是「無論如何獨處都還不夠孤獨，周圍再怎麼安靜也還不夠安靜，即使連夜晚都不夠夜晚」。他認為只有在絕對孤獨的情況下，他才能專心且安心寫作。

卡夫卡雖然熱愛菲莉絲，但為什麼兩次和菲莉絲訂婚，卻又兩次悔婚，而讓兩人陷入奇特的痛苦中？我以前認為那是因為卡夫卡罹患肺結核，健康不佳（他四十一歲就過世），不想拖累菲莉絲的關係；但後來卻慢慢覺得最重要的原因很可能是：卡夫卡不想讓任何人（包括菲莉絲）、任何事（包括婚姻）打擾他深夜孤獨的寫作。

當他和菲莉絲還是愛人關係時，偶而見見面、魚雁往返，這是他期待與樂意為之的；但一旦兩人結了婚，進入日常的婚姻生活，他就無法再自由而孤獨地熬夜寫作，每晚可能都會和妻子菲莉絲發生「美人含怒奪燈去，問君知是幾更天」的無奈衝突。

在寫作與婚姻之間，卡夫卡選擇了寫作。但訂婚、悔婚，再次訂婚、再次悔婚，在這個過程中，卡夫卡的內心顯然也經過相當痛苦的徬徨、掙扎；而菲莉絲也許更加難受，她實在無法理解那個說愛她至深的男人，心裡到底在想什麼？而她為什麼又要受到如此的傷害？

對現代男人來說，在深夜仍忘情於燈下而冷落妻子或情人，已很少是因為讀書或寫作，而以沉迷於網路的占絕大多數。但不管沉迷的是什麼，當發生衝突而被美人含怒質問「問君知是幾更天？」時，我想多數人都是採取妥協的對策，讓「魚與熊掌，各得其分」，盡量不要因為顧此而失彼。

在這方面，卡夫卡做得顯然有點過火，他寧可在夜裡全心寫作，而完全放棄了愛情與婚姻。我有時候會覺得，卡夫卡對感情的看法有點異乎常人（從他的小說裡可以明顯感受到），甚至可以說是個「薄情」的人，所以才會在幾經掙扎後，仍絕然地放棄愛情與婚姻，讓菲利絲受到傷害。

每個人的人生都各有重點。在深夜寫作，也許是卡夫卡生命中之至愛與至要。但既然如此，為什麼又在臨終前，交代好友將他燃膏油以繼晷所寫的東西全部燒掉呢？他為了寫作而犧牲愛情、婚姻與生命的意義又在哪裡呢？

對我來說，卡夫卡依然是個謎。但已成為一個比較深刻的謎。

近年來，我已很少在夜間寫作，也不再是夜貓子，大部分日子都在晚上十點前就寢，早上五點前醒來。反而是妻子變得晚睡，她何時上床我渾然不覺。早上醒來，見她睡得正甜，我不想打擾，就自個兒出門走山。

依然是兩個人，但生活型態不只改變許多，甚至顛倒了過來，而竟也都能相安無事。為什麼一定非要這樣或那樣不可呢？

尊嚴非面子
維護自己的生命格調與責任

讀小學時，台中市鬧區——中正路和自由路的路口新蓋了一棟七層高的商業大樓，是當時台中的最高樓。經鄰居通報，我們興沖沖地前往（離我家走路不到半個鐘頭），搭乘新穎的電梯，來到頂樓的遊樂場，雖然沒有花錢遊樂，光看就覺得大開眼界，心滿意足。

隨後有鄉下親戚來，我主動帶著妹妹和同齡親戚前往，但要搭乘電梯時，我卻被電梯小姐趕了出來（前次來還沒有電梯小姐），因為我只穿內衣和內褲（可能還赤腳）。看著華貴的電梯關門、往上升，我覺得很丟臉、沒面子。

在進入文壇後，結交了一些文友，有一位剛認識不久的作家出了一本書，請我替他寫序。在他對我大灌迷湯後，我答應了。雖然覺得他寫的東西不合我的品味，有些地方還讓我皺眉，但總不好意思說壞話，所以我還是言不由衷、甚至有違信念地說了一堆美言。

書出來後，看自己所寫的序言，感覺一點也不像是自己所寫的，愈看愈覺得有失格調，愈後悔自己為什麼要答應，而做出有損尊嚴的事。也因為這樣，所以我後來就都不再為人寫序，也從未請別人為我的書寫序（當然，這純粹是我個人的問題，跟他人的書與序完全無關）。

面子與尊嚴不同。面子是外在的，擺出來給人看的，想滿足的是自己的虛榮心。而尊嚴是內在的，留給自己看的，要維護的是自己的生命格調。前面所說第一個經驗讓我覺得沒面子，因為我的穿著讓我在人前丟臉；第二個經驗則因寫了有失格調的序，讓我內心自覺有損尊嚴。

每個人都各有他的面子與尊嚴，很多人把面子看得比尊嚴重要，但我倒是把尊嚴看得比面子重要。在跟人互動時，就會出現兩個面子與兩個尊嚴，讓對方有面子自己也有面子、自己有尊嚴對方也有尊嚴，是最理想的情況；但在不理想而必要的情況下，我還是會為了維護自己的尊嚴，而不給對方面子；或者折損自己的面子，讓對方感到有尊嚴。

做個有尊嚴的人，才會得到別人真正的敬重。亞里斯多德說：「一個人的尊嚴並非在於獲得榮譽，而是在於他真正值得這榮譽。」問題是很多不值的人卻自認為或要別人相信他「真正值得」。尊嚴，其實含有真假的問題。

小說家大仲馬對有志於寫作的兒子小仲馬說，只要在稿件附上一句「我是大仲馬的兒子」，就能如虎添翼。但小仲馬卻說：「我不想坐在你的肩頭上摘蘋果，那樣摘來的蘋果也沒有味道。」所以他投稿時一直使用不同的筆名，直到他寫的《茶花女》獲得出版社青睞而決定出版，編輯驚訝問他為什麼不讓人知道他的真實身分時，小仲馬說：「我只想擁有自己真實的高度。」

很多人靠家世、長相、奉承而獲得地位與榮耀，但唯有靠自己掙來的，才是真正的尊嚴。

貝多芬曾受李希諾夫斯基公爵的照顧，寓居於他的城堡。當公爵要他為占領奧地利的法國軍官演奏鋼琴時，貝多芬拒絕了。公爵以有恩於他要脅，貝多芬認為這是在踐踏他的尊嚴，憤怒地離開城堡，並給公爵一封信：「你之所以成為公爵，是出於偶然，是由於你的出身。而我之所以成為貝多芬，完全是靠我自己。公爵過去有、現在有、將來還會有很多，但貝多芬只有一個。」

對別人的無理要求說「不」，就是在捍衛自己的尊嚴，即使可能因此而失去一些現實利益，那更表示這種尊嚴的可貴。

有人踐踏我的尊嚴，那通常是我自己先躺在那裡。但如果是對方推倒我，再踐踏我，那為了維護我的尊嚴，我就必須站起來反擊。

很早就提醒自己：「我要捍衛我的尊嚴。」但時間久了，卻發現自己總是在誘惑與壓力下，恍神失察，而做出隨後方覺有損尊嚴的事，但木已成舟，後悔也莫及。所以，我後來轉而提醒自己：「我要讓我的尊嚴來捍衛我。」在面臨誘惑與壓力時，先想到自己的尊嚴，然後再決定做不做？怎麼做？一段時間之後，發現自己已較少後悔，而且還維繫了尊嚴。

聽一個住在洛杉磯的朋友說，洛杉磯附近有一些華人聚居的地區（並非門禁森嚴的封閉式社區），雖然是開放性社區，有公共的活動空間，但都乾淨而又美麗，路邊也沒有美國常見的遊民。剛到的人稱讚在這裡生活真好，比其他地方都更像天堂，也更有尊嚴。但他在美國出生長大的孩子卻說：「好個屁！這些華人把遊民趕走，為了維護自以為是的體面，卻剝奪了別人生存的權利和想過自己生活的尊嚴。」一個重視自己尊嚴的人，也會尊重別人的尊嚴，而不會隨意地加以揶揄、剝奪或踐踏。反之，任意剝奪、踐踏別人的尊嚴，卻自以為是在維護自己的尊嚴，他所維護的其實只是他的特權，而非尊嚴。

看到一則報導：哥本哈根街頭的垃圾桶，原來高度為一．五米，拾荒者必須踮起腳尖，上身伸進桶裡，才能掏出裡面的空瓶，辛苦而骯髒。熱心人士認為「應該讓願意自食其力的國民得到應有的尊嚴」，倡議縮減垃圾桶高度。市政府從善如流，將新垃圾桶的高度改為一．二米，而且可以翻轉，方便拾荒者搜尋。後來更推出專門放置飲料瓶罐的回收桶，讓拾荒者不必再東翻西找；但它不叫「愛心回收桶」，而被稱為「尊嚴回收桶」。

讓弱勢者也享有生活尊嚴，不是愛心，亦非慈悲，而是進步國家、社會和公民必須有的責任。當我們不要老是講希望大家發揮愛心，而改說大家必須盡到應有的責任時，我們才能對什麼是「尊嚴」有更深刻的體認。

相信的泥沼

我聽，我想，然後我看見

多年前，台灣興起一股尋找前世的熱潮，有些人在催眠師的催眠或法師的作法下，似乎也都栩栩如生地回憶起他們的前世生活。人到底有沒有前世？那些前世回憶是真是假？成了熱門的問題。我還為此寫了一本《前世今生的謎與惑》，也應邀去各地演講。演講時，我都會提到下面這個有趣的實驗：

美國肯特基大學的心理學家貝克挑選六十位容易被催眠的學生，將他們分成三組，第一組在事前先聽一捲介紹「新奇而刺激的治療法：你將重返前世做神祕之旅」的錄音帶，結果在催眠後有八五％的人回憶起最少一次的前世。

第二組則先聽一捲中性的錄音帶：「如你所知，有人相信轉世的觀念，而有人則不相信，你也許會也許不會重返過去的前世生活。」結果催眠後，回憶起前世者降為六〇%。

第三組則事先聽對前世回憶充滿懷疑與批判的錄音帶：「前世療法是由一小撮遠離西方科學正統的人吹捧出來的，有些喜歡幻想的人也許會想起一些牽強附會的事，但大多數正常人都不可能看到任何東西。」結果在催眠後，只有一〇%的人回憶起他們的前世。

我不想在這裡討論前世回憶的真假，但從這個實驗可以清楚看出，一個人能不能回憶起前世，跟他在被催眠前對輪迴轉世的看法很有關係，如果傾向於相信，那他回憶起前世的機會就大增；如果不相信或覺得不應該相信，那能回憶起前世的機會就大為降低。

就這群肯特基大學的學生來說，他們的看法和接下來的回憶，主要來自被催眠前所聽到的關於前世回憶評價的錄音帶；而在有輪迴轉世信仰的地區（譬如印度），當地百姓（特別是小孩）能自動回憶起自己前世的故事，就會比其他地區來得多。這都跟信念或信仰有關。

人到底有沒有前世？跟人到底有沒有靈魂？這個世界上到底有沒有神蹟？有沒有鬼？宇宙中是否有飛碟或外星人？都是大家爭論不休的問題，但因為在目前都還無法有一個明確的答案，結果就淪為各說各話，一人一把號，各吹各的調。在互別苗頭中，誰也無法說服對方，所謂「信者恆信，疑者恆疑」，最後都變成信念或信仰的問題。

但不管我現在有的是什麼觀點或信念，它們都不是與生俱來的，更非靠自己思考所得，而主要是來自外界的灌輸，也就是在我成長過程中，先聽到或看到某種說法，我心裡先相信它了，然後我才發現、看見我相信的東西，結果我對它的信念因而變得更加堅定，人生也就愈朝那個方向走去。

人到底有沒有前世？宇宙中是否有飛碟或外星人？這些問題離我們的現實生活也許太過遙遠，但有些則和個人前途甚至生死密切相關，譬如我看到臨床心理學家克洛佛在「思想投射法學會」的年會上報告的這個案例：

萊特罹患一種惡性的淋巴肉瘤，醫師預測他只有三個月的時間可活。當時有一種治療淋巴肉瘤的新藥Krebiozen，剛好在醫院裡做臨床實驗，萊特相信這是他唯一的希望和機會，於是懇求克洛佛說服醫師，讓他當實驗的白老鼠。在死馬當活馬醫的嘗試心理下，醫師為他注射Krebiozen，想不到過沒幾天，萊特身上原本像橘子般大小的淋巴肉瘤就消了一半，兩個禮拜後，他的身體已經近乎復原而可以出院。

在回家過了兩個月的健康生活後，萊特忽然從報紙上讀到「抗淋巴肉瘤新仙丹Krebiozen被證明無效」的報導，他大為恐慌，短短數天之內，體內的淋巴肉瘤又迅速增長，而必須再度住院。

萊特住院後，醫師又再度宣判他只有幾個星期可活。克洛佛認為萊特病情的戲劇性發展，可能跟他對新藥的信心有關，於是決定做個特殊的實驗：克洛佛告訴萊特，有關Krebiozen無效的報導並非空穴來風，但那指的是品質較差的第一代藥物，現在又有「超級改良、藥效加倍」的新Krebiozen問世，他要讓萊特接受這種新藥的治療。於是萊特再度接受注射，但克洛佛給他的根本不是什麼二代藥，而是無藥理作用的安慰劑。結果再度出現驚人的效果：萊特的淋巴肉瘤又迅速消了下去，沒多久就又順利出院。

這次出院後，萊特又過了七個多月的健康生活，直到他看到「美國醫學會全國性的實驗顯示Krebiozen對治療癌症毫無效果」的報導，他的信心再度崩潰，結果兩天後就過世了。

萊特這個病人可以說是「心理神經免疫學」的極佳範例，生動說明了一個人的想法和信心如何影響他的神經系統，進而左右他的免疫系統。專業醫師、藥廠和心理學家讓萊特對新藥產生信心，但「水能載舟，亦能覆舟」，專業的醫學報告也讓萊特的信心崩潰，他病情的起伏，甚至他的生死，反映的其實是他內心想法的起伏。

「我相信，所以我贏。」這句話聽起來很有道理。不過經常賭博的人也都知道，「我相信，所以我輸。」同樣有道理。

小時候作文，寫過「有恆為成功之本」這類的題目，閱世漸深後，才知道固然有人因有恆而成功，但也有人因有恆而失敗，有恆與成敗的關係，其實是個信念的問題。姑且不爭辯「何者為真」？單表「哪個機會比較大？」或「值得相信？」那也要看你所置身的時代和社會「風怎麼吹？」

不同的風向會讓我聽到不同的說法、產生不同的想法，看見不同的東西，而產生不同的信念。不管我現在相信什麼，都很難斬釘截鐵地說是對或錯，但我必須知道的是：我相信的並非什麼顛撲不破的真理，而是「我聽，我想，然後我看見」的結果。

我要繼續相信嗎？這的確是個好問題，不要等到走了好長一段路，或被風吹到一個遙遠的地方，那時才想要回頭，卻已變得困難重重。

最後的魔法
奧斯汀的小說，畢卡索的畫

看了改編自同名小說的電影《傲慢與偏見》，頗有所感。但讓我感慨的並非豪門闊少達西的傲慢，小家碧玉伊莉莎白的偏見，如何迸發出感人的愛情故事，而是想起作者珍．奧斯汀早年親歷的一段不如意戀情：

奧斯汀在二十歲時，邂逅了勒夫羅伊牧師的侄子托馬斯，兩人由相識、相知而相愛，勒夫羅伊太太看在眼裡，唯恐家境清寒的奧斯汀會影響侄子的大好前程，於是將托馬斯打發去倫敦，硬生生拆散這對有情人。托馬斯後來迎娶了富家女，並官至愛爾蘭王座法庭的首席大法官；而奧斯汀則終生未婚，兩人也未再見過面。

在《傲慢與偏見》裡，當達西的姑媽發現達西和伊莉莎白的戀情時，也橫加阻擾，想拆散他們；但達西卻衝破家族與世俗的羅網，向伊莉莎白表達最真摯的愛，讓有情人終成眷屬。我們從小說和電影可以看到奧斯汀昔日戀情的影子，精神分析學家會說，奧斯汀經由創作而使當年「受挫的欲望得到替代性的滿足」，這當然也有它的道理，但我更想把奧斯汀視為是一個洞察世事的近代魔法師，而《傲慢與偏見》就是她所施展的魔法，試圖透過思想的作用來改變或操控外在的真實事物，重建它們在自己心中的理想模樣。

因為我覺得，藝術不僅起源於魔法，藝術本身就是一種魔法，藝術家則是最後而優雅的魔法師。

從媒體上經常可見如下報導：某個古老洞穴的岩壁上，發現史前人類所繪野牛、羚羊、大象等動物的殘跡，專家認為它們很可能是人類最古老的藝術形式。但那並非古人吃飽沒事幹時的休閒娛樂活動，而是來自一種嚴肅的「打獵巫術」——初民先在聚居的洞穴岩壁畫上他們想要獵殺的動物形象，對之施展各種魔法，然後再出獵。非洲的矮黑人在上個世紀依然保有類似的獵羚羊儀式，只是他們把羚羊畫在地面，然後拿著箭不斷地往畫在地上的羚羊插。

在民智未開的年代，如果你痛恨某人而又無能為力，你可以去找巫師，請他做個草人來代表某人，然後口中念念有詞，用針去刺草人的眼睛，某人的眼睛可能就會因而疼痛甚至失明，好讓你發洩心頭之恨。今天，已很少看到這類魔法的實際操作，但它並未消失，而是以一種比較進化的方式寄居在廣袤的藝術天地裡。法國作家羅迪所寫的《冰島漁夫》，可以說就是它的藝術改裝版。

《冰島漁夫》也是一部膾炙人口的愛情小說，它最感人的情節是漁夫楊恩和戈特的戀情，但在婚後第六天，楊恩就出海捕魚，結果竟一去不返，而留下痴痴等候、以淚洗面的新娘子。羅迪的創作靈感來自何處呢？有人追查他的過去，發現羅迪在擔任海軍士官時，曾愛上布達紐的一位美麗姑娘，但卻落花有意，流水無情，因為姑娘已有一個冰島人的未婚夫。飽嘗失戀痛苦的羅迪，在後來所創作的《冰島漁夫》裡，將昔日的情敵化身為出海捕魚結果一去不返的楊恩，而那位回絕他的姑娘則成了天天以淚洗面的戈特。這不正是羅迪在藉小說這種魔法藝術，以較優雅的方式來發洩他心中隱密的恨意嗎？

如果說羅迪的《冰島漁夫》類似有點惡意的黑魔法，那麼奧斯汀的《傲慢與偏見》就是滿含善意的白魔法了，她給小說裡的伊莉莎白和達西一個幸福圓滿的結局，不僅撫慰了自己昔日受創的心靈，也為世間為情所苦的男女提供安慰和希望。奧斯汀雖然終生未婚，除了早年那一段不如意的的戀情外，心海似乎也沒有再起波瀾，但她所寫的六部小說就像六本愛情魔法書，以她對當時英國社會的觀察為素材，憑藉思想的作用，重新建構出她心目中理想的愛情與婚姻。她的小說創作，其實就是她所施展的、能夠滿足人心的魔法。

藝術的品類多樣，背後隱藏的用意也不一，畢卡索的《亞維儂的少女們》告訴我們的又是另一個故事：畫面上的五位裸女線條粗獷，色彩單純奔放，臉孔大膽扭曲變形，被後世譽為是拉開立體主義序幕的代表作。這幅畫是畢卡索去參觀人類博物館的非洲面具展後的作品，畫面上的五位裸女，特別是左右兩側的三個，臉上就好像戴著面具。她們的用意是什麼呢？

普遍存在於各民族的面具，也是公認的原始藝術。面具主要有兩大類，分別代表庇護族人的聖靈與帶來災禍的邪魔，人類戴上這些面具成了聖靈與邪魔的化身，搬演兩大勢力間的衝突，最後當然是邪不勝正。經由這種思想作用來驅邪祈福，讓想望中的美好生活降臨人間，正是一種古老的魔法。畢卡索的這幅《亞維儂的少女們》可以說就是他想要施展的一種現代魔法。

畢卡索在寫給作家馬勞克斯的信上說：「當我去參觀人類博物館時，那些面具不只是雕刻而已……它們是具有魔力的東西，用來對抗未知、威脅人的精靈……《亞維儂的少女們》的靈感一定是那天獲得的，不只是它的造形，而且可以說是我第一次在畫布上驅邪！」

原來他想透過這幅畫來驅邪！那畢卡索要驅什麼邪呢？「亞維儂」是巴塞隆納風化區的一條街名，「亞維儂的少女們」指的其實就是那裡的妓女，年輕時候的畢卡索流連這裡的花街柳巷，擔心會從妓女身上得到性病，在看了非洲面具展後，他從中得到靈感，把藝術創作當作擁有魔力的武器，也就是想用魔法來驅除他心中的恐懼，庇護他平安無事。

除了這種為自己驅邪祈福的私密性魔法外，我覺得畢卡索的繪畫還展現另一種更有意義、也更讓人嚮往的的魔法，那就是《斯坦因畫像》這幅作品。

畢卡索在二十五歲時，為移居巴黎的美國女作家斯坦因畫了一幅肖像畫，就叫做

《斯坦因畫像》。畫中的女人其實一點也不像斯坦因，反倒讓人想起前面所說的非洲面具。但對「不像」的批評，畢卡索卻聳聳肩說：「那有什麼關係？總有一天，她會長成這個樣子！」

斯坦因本人當時倒是沒說什麼，她很感激地收下這幅畫，而且一直妥善保存著。妙的是，三十年後，斯坦因經常指著這幅畫，笑著對人說：「你們瞧！我現在終於成為這副模樣了！」大家看看畫中那個女人的輪廓，再看看斯坦因本人，覺得果然有幾分「神似」。當然，指的不是外在容貌上的，而是一種神韻，一種內在氣質的外顯。

在這幅畫像裡，畢卡索日漸揚棄客觀寫實，而愈來愈注重心靈寫實，也就是他自己所說的：「我畫的不是我看到的東西，而是我想的東西。」所有的創造都是讓想像中、尚未存在的理想事物或概念成真的一種過程，我們甚至可以說畢卡索的這幅《斯坦因畫像》，畫的是「尚未存在」的斯坦因，這可能也是他為什麼會說「總有一天，她會長成這個樣子」的原因。這跟前面所說的魔法思想其實也非常類似。

但畢卡索為什麼能「預見」斯坦因未來的模樣或者神韻呢？當然，這不是說畢卡索有什麼未卜先知的能力，而是他顯現了一個偉大的藝術創造者所具有的特質——為提供我們新觀點、新視野、新可能的「先知」。

我們可以換個說法：當斯坦因看著畢卡索為她所畫的肖像時，她看到了自己的新可能，在它的召喚、它的潛移默化下，她不知不覺實現了畢卡索為她揭露的那種可能。而這正是魔法的基本作用——試圖透過思想的作用來改變或操控外在的真實事物，重建它們在自己及他人心中的理想模樣。

斯坦因愈來愈像畢卡索為她所繪的畫像，就跟十九世紀英國或歐洲的愛情愈來愈像奧斯汀所創作的小說一樣，而這也是為什麼現在的我們對宇宙、對人生、對自然、對科技的看法會愈來愈像藝術家為我們所描繪的原因。因為偉大的藝術家就是靠他們的思想作用，創造一個讓人嚮往，讓人追隨的理想世界的魔法師！